「ほ、本当は同じベッドで眠るのは良くないことだけど……」
主席
アリエル・スカイネス

次席
ルリア・イグニスト
「なっ、アリエルそれはズルいですよ！」

魔法学院の劣等烙印者

〜落ちこぼれ転生魔法師、
『常識』を代償に規格外の力で
異世界最強〜

蒼月浩二

ぶんか社

C O N T E N T S

プロローグ　勘当

「アレン、お前を勘当《かんどう》する。金輪際《こんりんざい》ウチの敷居《しきい》を跨《また》ぐな！」

朝の稽古《けいこ》を終えた後、実家の門の前で父レイモンドが宣言《せんげん》した。

父レイモンドは身長190センチの巨漢《きょかん》。対して俺の身長は170センチほど。

とんでもない迫力だった。

「父上……今、なんと？」

俺の名前はアレン・アルステイン。

今日が一五歳の誕生日だった。

王国内有数の魔法系貴族……アルステイン男爵家《だんしゃくけ》の次男である。

アルステイン家は代々魔法の名門と名高い。

それだけに毎日の稽古は厳しかったが、俺はこれまで必死に頑張《がんば》ってきた。

「お前を勘当すると言ったのだ。初級魔法しか使えぬ雑魚《ざこ》が。お前なんぞ俺の息子じゃねえっ！」

しかし、父レイモンドの言う通り、俺には魔法の才能がなかった。

でも才能を言い訳にせず、どんな苦しい修行にも耐え、頑張ってきた。

それを父レイモンドが知らないわけがない。

「……しかし、俺だって頑張ってます。もう少しで——」

もう少しで中級魔法が使えるようになるかもしれない。

そう言おうとした時。

「お前に比べてユリウスはすごい！　ユリウスはお前なんぞと違ってこの歳《とし》でもう上級魔法を使えるのだからな！　お前が跡取《あとと》りじゃなくて本当に良かった！　フハハハハ！」

父レイモンドは俺の兄ユリウスの頭をくしゃくしゃして褒《ほ》め称《たた》えたのだった。

「……」

兄は四月生まれの一五歳。俺は三月生まれの一五歳。

出生年度が同じだけに、何かと比較されて育ってきた。

もう慣れた……とはいえ、気持ちの良いものではない。

とはいえ、比較されても仕方がない一面もある。兄ユリウスは俺なんかとは違ってメキメキと短期間で頭角《とうかく》を現してきた。

「父上、そのような言い方はどうかと思います。アレンだって自分なりに努力をしてきたはずです」

「おお？　そうなのかねえ」

わざとらしく聞き返す父レイモンド。

「ええ。努力をしても結果が伴《ともな》わない無能なだけですよ。そうだよなあ？」

同意するよう、俺に視線を向ける兄ユリウス。

兄ユリウスはいつもこのような嫌味《いやみ》を言う。

父レイモンドよりも婉曲《えんきょく》な表現をするものだから、正直こっちの方が苦手だ。

「……はい」

「声が小せえよっ！」

「は、はいそうです！　俺は無能です!!」

「ったく」

こうして無能宣言をすると、ユリウスは満足する。

それが日常だった。

「一五歳ってのは成人だ。成人になればお前を追い出せる。この日を何度待ちわびたことか……」

父レイモンドは心から嬉《うれ》しそうに言った。

確かに、俺は初級魔法しか使えない無能だ。

でも、ここまで言われなきゃいけないほどのことなのだろうか？

ずっと不思議でならなかった。

実の父や兄弟に、ここまで無能だと虐《しいた》げられているのは俺以外に例を知らない。

父レイモンドが俺を勘当するというのは冗談で言っているわけではないことは同じ屋根の下で
一五年も過ごしていればわかる。

正直、追い出されることに関してはそれほどショックではなかった。

これほどに酷《ひど》い扱いを受けてきたのだから。

何度家を出ようとしたことか……。

しかし、成人していない俺には生きていく術《すべ》がない。

どうすることもできなかった。

それはともかく、どうせこのまま追い出されるのだ。

最後に一つだけ、聞きたかったことを聞いておこう。

「お言葉ですが、どうして実の息子である俺をそれほどに追い出したかったのですか？」

俺がそう尋《たず》ねると、父レイモンドは眉をピクッと揺らした。

待ってましたとばかりに、満面の笑みを浮かべた。

「そうか、言ってなかったな。てめぇは俺の息子なんかじゃねぇからだよ！」

「……え!?」

頭の中が真っ白になった。

意味がわからない。

「俺は、どこかで拾われたということですか？」

「いや？　ユリスが浮気しやがったんだよ。俺の知らないところでデキてやがったんだ！」

ユリスというのは俺の母、ユリス・アルステインのことである。

「母上が……そんな……」

「ってわけだ！　てめぇはもう俺の息子でもなんでもねぇ！　消えろ!!」

「だってよ。バイバイ、アレン」

父レイモンドと兄ユリウスの言葉はそれが最後だった。

門をピシャリと閉められ、俺は実家を勘当された。

第一章　賢者の実

実家を離れ、数十分は無心《むしん》で歩き続けた。

行くところもないので、目立たない路地裏《ろじうら》で腰を落ち着ける。

「まさか、母上が浮気をしていたなんてな……血が繋《つな》がってないから、あんな扱いだったのか……」

優しく、健気《けなげ》だった母上だけにそんなはずはない……と、いまだに信じられない。

とはいえ、俺もそれほどよく覚えているわけではない。

俺が物心がついてすぐくらいの時に、母上は病気で他界《たかい》してしまったからだ。

当時幼かった俺にはわからなかった二面性《にめんせい》があったのかもしれないな。

「と、それはともかく。これからどうする……かな」

アルステイン家に生まれた子は、代々一五歳の成人後には王国に七つある魔法学院のどこかで三年間学ぶのが当たり前だった。

俺もそのつもりで学院に入学できるよう、今まで必死に修行を続けていた。

しかし、もうその夢は実家を勘当されたことで潰《つい》えてしまった。

七つの魔法学院のうち六つは貴族しか受験を許されない。

俺は実家を勘当されたことで男爵家としての身分を失い、今はただの放浪者《ほうろうしゃ》でしかない。

そんな俺でも唯一受験できる魔法学院があるにはある。

王都にある、名門アステリア魔法学院。

魔法学院のどこかに入学できればそれだけで優秀とみなされる王国内においても、アステリア魔法学院だけは別格《べっかく》だといわれている。

身分を問わず広く門戸が開かれており、卒業生のほとんどが有名な冒険者になるか、騎士団で高い地位に就《つ》くのだという。

でも――

「ダメだ。入れるわけがない」

一五歳にもなって初級魔法しか使えない時点で、俺にはなんの関係もない場所である。

変な考えを捨て、腰を上げる。

空腹感に襲われ、足がよろっともたついた。

そういえば、まだ朝食を食べてなかったな……。

なぜか父レイモンドと兄ユリウスは朝食をとってから朝の稽古に入るのだが、俺は根性をつけさせるためだからと朝食を抜いての稽古を命じられていた。

それだけでなく、俺だけなぜか一日一食しか与えられなかった。

それもこれも俺が初級魔法しか使えない無能だからという理由で納得していたが、真の理由は俺が父上に嫌われていたからなのかもしれない。

理由はともかく、稽古のすぐ後に実家を追い出されたせいで何も食べないままということは変わらない。

しかし、所持金はゼロ。

どうしたものか……。いや、方法はあれしかないか。

「おい、アレンか？」

「……ん？」

食べられる雑草を探すため商業地区を経由《けいゆ》し村の外に出ようと歩いているところで、懐かしい声が聞こえてきた。

反射的に振り向く。

「おお、やっぱりアレンじゃねえか。なんか落ち込んでるみたいだが……どうした？」

「ロミオさん……！」

声の主はAランク冒険者のロミオ・マスカルト。俺の二倍くらいの歳のはずだが、若々しく端正《たんせい》な顔立ちをしている。

Aランクは、冒険者の最高位。……王国トップクラスの冒険者だ。

ロミオさん達がアルステイン村を拠点にしている時に偶然知り合い、お腹《なか》を空《す》かせていた俺にご飯《はん》をご馳走《ちそう》してくれた。男爵家の次男ということは知らずに良くしてくれていたのだ。最後に会ったのはもう一年前くらいだろうか……。

パーティリーダーのロミオさんの他にパーティメンバーが三人いるが、みんなどこか優しそう。変わっていないな。

「実はですね……」

俺は、ついさっき起きたことを端的《たんてき》に話した。

「そんなことがあったのか……。ひでえ話だ」

「そんなにですか……?」

「ああ、こんな話は滅多《めった》に聞かねえ。……それに勘当か。レイモンドに文句の一つも言ってやりてえが……他人の家の事情は俺にはどうすることもできねえな……」

「いえ、話を聞いてもらえただけでも心が軽くなりました」

ずっと一人で抱え込んできただけに、ロミオさんに話せただけで少し気持ちが晴れたような気がした。

「とりあえず生活費と食料は分けてやるとして、これからどうするかだな」

「そ、そんな……そこまでお世話になるわけには……」

食料は少し分けてもらいたいのは正直なところだが、お金までもらってしまうのは申し訳なさすぎる。

「なに、気にするな。……とはいえ、こんなんじゃ焼け石に水だろう。根本的な解決にはならないが……」

ロミオさんは俺のことをなんとかしたいと思ってくれているようだが、Aランク冒険者としての立場がある。高位の冒険者を必要とする依頼は無数にあり、忙しくしている。

これは俺の問題なのだから、後は自分で何とかする。

そう言おうと思った時だった。

「あの木の実《み》をあげるとか……？」

ロミオさんのパーティメンバーの一人が提案した。

「あの木の実って……賢者《けんじゃ》の実のことか？」

「それしかないじゃない？」

「いや、しかしあれは……もしものことがあった時の責任が取れん」

「このまま何もしないのも同じことだと思うけど」

「……それは、そうかもしれんが……」

『賢者の実』……初めて聞く言葉だった。

「えっと、それっていったい……？」

俺が尋ねると、ロミオさんはバッグから黄色い木の実を取り出して説明してくれた。

賢者の実は独特な斑点模様《はんてんもよう》が入った怪《あや》しげな見た目をしていた。

「賢者の実ってのは、難関《なんかん》ダンジョン最深部《さいしんぶ》のボスを倒した時に稀《まれ》にドロップするものなんだ。この実を食べた者は不思議な力を得るといわれている」

「不思議な力……ですか？」

「例えば無尽蔵《むじんぞう》の魔力を手に入れたり、どんなに攻撃されてもダメージを受けない鋼《はがね》の身体《からだ》だったりと、本当に様々だ。どれもこれもが何かしらのとんでもない力を得るといわれている」

「そ、それってめちゃくちゃ貴重《きちょう》なものなんじゃ……」

難関ダンジョンを突破しないと手に入らず、ダンジョンを突破したとしても確実に手に入るとは限らない。しかも食べればとんでもない力を得られるのだ。

ロミオさんのパーティの誰かが食べた方がいいと思うし、食べないにしても高く売れると思う。

「ある意味貴重だが……俺たちはこれを食べる気はないんだよ。アレン、そんなとんでもない力が無条件で手に入ると思うか？」

「……いえ」

「強くなるためには普通、厳しい修行という代償《だいしょう》を払うだろう？　それと同じように、賢者の実で得られる力にも代償がある」

甘い話には裏がある……ということか。

そりゃあなんのリスクもなしに強力な力を得ようなんてのは虫が良すぎる話だ。

「その代償というのは……？」

「これが、わからないんだよ。完全にランダム、どんな代償があるかわからない。噂《うわさ》によれば四肢《しし》を欠損《けっそん》したり、視力《しりょく》を失ったり、軽いものなら味覚《みかく》と嗅覚《きゅうかく》を失ってしまう……というものがあるな。死ぬって話は聞いたことがないが、リスクの内容によっては、仕事に支障が出るかもしれない。だから食べられないいんだ」

「なるほど……」

「ま、食べるかどうかは別としても渡しておくか。煮るなり焼くなり好きにするといい。売れば金にもできるだろうしな。俺にアレンの人生を変えてやることはできねえ。こうなった以上は自分で頑張るしかないんだ。でも、よく考えるんだぞ」

「あ、ありがとうございます……」

こうして俺はしばらく生活に困らない程度のお金と、取り急ぎの食料。そして賢者の実を手に入れた。

ロミオさんたちがアルスティン村に来たのは、消耗品《しょうもうひん》の補充《ほじゅう》のためだけだったということで、すぐに村を出て次の目的地に出発した。

この恩は、いつか必ず返さないと……な。

◇

「どうしたものかな……」

アルスティン村の果てにある冒険者用の安宿《やすやど》。

ベッドと椅子、机が一つずつあるだけの殺風景《さっぷうけい》な部屋の中でロミオさんにもらった賢者の実を眺《なが》めていた。

この実を食べると何か強力な力を得る代わりに、代償を払うことになる。

本来なら大きなリスクはなるべく避けるべきだが、このままでは状況が好転《こうてん》しない。

ロミオさんにもらった生活費は一ヶ月ほどで底をついてしまうし、何か仕事を見つけるにしても今まで魔法の勉強しかしてこなかった俺はすぐにお金に換えられる技術を持っていなかった。

もちろん選ばなければ何かできることはあるはずだが――

「その先に未来なんてないよな……」

今の俺にできる仕事があるとすれば、休みもなく奴隷《どれい》のような環境で肉体労働をする類《たぐい》のものしかない。

しかしそういった仕事は身体を酷使《こくし》するし、故障《こしょう》したとしてもなんの保証もない。使えなくなったら捨てられてしまう。

ただの問題の先送りだ。

状況を一撃で変えられる可能性がある唯一の希望。

それが、賢者の実だった。

「食べるか……。賢者の実……」

俺は腹をくくり、賢者の実を頰張《ほおば》る。

新鮮なフルーツのような酸味《さんみ》と甘味が口の中に広がる。

これを飲み込めば、俺の未来が決まる。

ゴクリ。

飲み込んだ瞬間、すぐに異変《いへん》が起こった。

誰ともわからない無機質《むきしつ》な声が脳《のう》に直接話しかけてくるような感覚――

同時に、血が沸騰《ふっとう》し、脳が焼き切れるような感覚に襲われる。

《賢者の実を使用しました》
《『前世の記憶』を獲得しました》
《『賢者の知恵』を獲得しました》
《これまでの努力が能力値に反映されました》
《個性『常識』を失いました》

時間にしてほんの数秒間のことだったが、体感的には何年もの濃密《のうみつ》な時間を過ごしたかのような感覚だった。

「前世の記憶……賢者の知恵……努力……常識？」

いったい何が起こったのかわからない。

いや、文字通り解釈すれば、俺は『前世の記憶』『賢者の知恵』を獲得し、これまで一五年間の毎日の努力が強さに反映されたということだろう。そして、その代償として『常識』を失ってしまったと……？

確かに今の俺には、日本という国の東京という都市で生活していた人間の記憶がある。

この人間の記憶は俺と同一の存在だったことが感覚的に理解できる。

さらには、この世界のあらゆる知識が手に入ったような感覚があった。

加えて、まるで身体が羽のように軽くなり、生命力・魔力量ともにとてつもないものになっているように感じるし、なんなら一度も成功しなかった上級魔法も容易《たやす》く使えそうだ。

さすがにここは屋内なので、試し撃ちはしないが……。

しかし、代償として『常識』を失ったはずなのだが、俺はまだ常識というものが理解できているように思う。

挨拶《あいさつ》、お辞儀《じぎ》、敬語《けいご》、ｅｔｃ．……。

全て大丈夫そうだ。

いや、理解できているつもりでもできていないということなのだろうか？

わからない。

ともかく、深刻な代償はなかったようで良かった。俺はほっと息を吐《つ》いた。

「それにしても……この『賢者の知恵』っていうのはすごいな……」

この世界のあらゆる事象や歴史についての知識。

そこには、最適なトレーニング法や魔法理論に関するものもあった。

「これをマスターすれば、世界最強の魔法師も夢じゃないな……」

というか、俺が父レイモンドにつけてもらっていた稽古は、間違いだらけだったことに気がついた。

食事は三食とった方が良いし、適度に休んだ方が良いし、身体を虐《いじ》めるだけのオーバートレーニングなんて以《もっ》てのほか。

謎の根性論《こんじょうろん》を真に受けて、今まで時間を無駄にしてしまっていたのだ。

思い返せば、兄ユリウスと俺の修行メニューはまったく別のものだった。

つまり、父レイモンドは兄ユリウスにだけ効果的な修行をさせ、俺はなんの効果もない苦しいだけの修行をさせていたのだ。

「ハハハハ……ハハッ」

怒りを通り越して、乾《かわ》いた笑いが出てくる。

しかし、俺がこなした意味のない修行も、賢者の実の効果により努力が認められ、強くなることができた。

「でも、これなら……アステリア魔法学院……受かるかもしれないな」

試験まではまだ半月くらいの時間がある。

しっかりとこれから修行を積んでおけば、合格は堅《かた》いだろう。

よし、やるか。修行。

◇

一筋の希望が見えたことで、俺は心を躍らせながら村の外にやってきた。

村の外には魔物と呼ばれる生物が潜んでおり、襲われれば怪我《けが》をしたり、最悪死んでしまうこともある。

とはいえ村というのは比較的安全な場所に作られがちということもあり、周囲の魔物に大《たい》したものはいない。

魔法の練習にはもってこいだろう。

『賢者の知恵』によれば、魔法の練習は質と量の両方が大事らしい。

上級魔法は消費魔力が多いので、初級魔法などの簡素な魔法で基本的なコントロールの練習をするのが良さそうだ。

俺の背丈より大きいくらいの巨大な岩があるので、そこに狙いを定めて、初級魔法『火球《ファイアボール》』を放つ。

単なる火球なのに、今まで俺が使っていた火球とはまったくの別物だった。

今にも消えそうな小さな火の球なんかじゃなく、禍々《まがまが》しく蒼《あお》い輝《かがや》きを放つ大きな火の球。

『前世の記憶』によれば、燃焼温度《ねんしょうおんど》が高いと火は青くなるらしい。

つまり、賢者の実を食べてから比べ物にならないくらい強くなったようだった。

そんな火球が岩に衝突し——

ドゴオオオオオオオォォォォン!!

と、けたましい音を立てて爆散《ばくさん》した。

岩は穴が開き、原形を失うほどにボロボロになってしまっている。

地面は爆風で抉《えぐ》れており、一部は高熱によりガラス化してしまっている。

——ふむ、なるほど。こんな感じか。

今日のノルマは火球一〇〇発として……岩を探す方が面倒臭《めんどうくさ》そうだな。

ともあれ、これで魔法学院の受験も合格を見据《みす》えられるラインには到達した。

この調子で修行を続ければ、合格も夢ではない。

ロミオさんのおかげで、魔法学院の試験までの間の生活費は気にせず修行に集中することができる。

実家にいた時以上に頑張るとしよう。

◇

その頃、アルステイン家ではレイモンドとユリウスがご馳走を囲んでいた。

アレンの勘当祝いという趣味の悪い理由だったのだが、二人は美味《おい》しそうに食卓に並ぶ肉や魚、スープを楽しんでいた。

「父上、アレンのやつ今頃どんな顔してますかね」

「さあな。俺にもお前にも関係ないことだ」

「へへっ、そりゃそうですね」

会話自体は普通だが、自然と口角が上がり、不気味な笑顔が滲《にじ》み出る二人。

「そんなことよりも、ユリウス。あと少しで魔法学院の受験だな。どこの学院を受けるか、もう決めてるのか？」

「どこを受験するかなんて、天才の俺に言わせないでくださいよ。もちろんアステリア魔法学院に決まってるじゃないですか」

「ハハッ、そりゃそうだったな！　どこかの出来の悪いガキとは違って、ユリウスは俺の息子……超一流の血が流れているんだからな！」

二人の間に爆笑が起こる。

この時、まだ二人は知らなかった。

アレンが『賢者の実』により努力が報われ、本来の力を発揮できるようになったことを――

今更《いまさら》手のひらを返しても実家に戻ってくることはないことを――

◇

こうして必死の修行をすること二週間。

あっという間に試験日間近になった。

既に書面で出願書類を王都に送ってあるので、明日の試験に間に合いさえすればいい。

アルステイン村から王都までは普通に移動すれば一週間はかかる距離だが、今の俺なら今日出発で十分間に合うだろう。そのくらいには強化できた自信がある。

本当はもう少し修行をしておきたかったが、時間が限られていることも含めて試験だと考えれば、今できる最善を尽くすしかないだろう。

アルステイン村の門を抜け、改めて地図を片手に移動ルートを確認する。

「普通なら山を迂回《うかい》するしかないか」

王都までの道のりは直線的に移動できればかなりショートカットできるのだが、山や谷を越える必要があり、通常はきちんと整備された道路を通って迂回しなければならない。

いくら距離的に短いとはいえ道なき道を進むのはかなりのカロリーを使うことだからな……。

だが、空を使えばどうだ？

俺はその場で少し助走をつけ、空高くジャンプする。

鍛《きた》え上げた脚力《きゃくりょく》に加え、魔力によるアシストを足し算することで一気に上空一〇〇メートルほどまで軽々跳ぶことができた。

とはいえ、ジャンプするだけではこのまま落ちるしかないので――

「このくらいの高さなら……おっと、そこにいるな！」

魔物は陸地だけに生息するとは限らない。

上空にも鳥型の魔物が飛んでいるので、そいつを足場にするとしよう。

俺は修行中に覚えた新魔法『周辺探知《サーチ》』を使うことでスムーズに魔鳥《まちょう》を探すことができた。

トントントンと軽快に魔鳥を踏み台にジャンプしていき、文字通り風を切って空路《くうろ》を移動する。

二〇分ほどこうして移動したところで、無事に山の向こうに出ることができた。

ここまで移動すればもう王都は近い。

そこから一〇分ほど歩き、王都に到着した。

◇

アルスティン村に比べると、王都はかなり発展しているようだった。

さっき空から見た感じでは、最も栄えている場所は渋谷のスクランブル交差点のような賑《にぎ》やかさがある。

王立アステリア魔法学院の入学試験は、明日一日で全ての試験が終わり、明後日結果発表である。

少なくとも今日と明日の二泊はしなければならないので、どこか宿を探さなきゃいけないのだが……。


「や、やめてください――!!」


ん？

宿を探してキョロキョロしていると、若い女の子の叫び声が聞こえてきた。

人気《ひとけ》のない路地裏から聞こえてきているようだった。

路地裏を覗《のぞ》き込むと、とんでもない美少女がそこにいた。

背中いっぱいに広がる艶《つや》やかな金髪。サファイアのように澄んだ碧眼《へきがん》。顔は俺と同じ一五歳くらいに見えるが胸がかなり大きい。それなのに全体的に細身で、全てのバランスがちょうど整ったような少女だった。

……と、見惚《みほ》れている場合じゃないな。

困った美少女を二人の男がヘラヘラと笑いながら追い詰める。

「ゲヘヘ……無駄な抵抗すんなよォ」

「嫌よ嫌よも好きのうちってな……！　本当は嬉しいんだろ！」

まさに乱暴《らんぼう》しようとしているように見える。

あくまで他人のことだし面倒事《めんどうごと》に巻き込まれるのは勘弁《かんべん》してほしいのだが、見捨ててこの後何かあっても気分が悪いしな……。

まずは穏便《おんびん》に済ませられるか試してみよう。

「なあ、何してるんだ？　その子がちょっと困ってるみたいだが……」

俺は二人組の男に声をかける。

「ああ？　んだてめえ」

「ガキは引っ込んでろっつーの！　合意《ごうい》があんだよ、合意が！」

あれ？　そうなのか。

確かに合意があれば問題ないな。

でも、一応確認は必要か。

「やめてくださいって叫んでたけど……？　本当に合意があったのか？」

「あるわけないです……！」

涙声《なみだごえ》で訴《うった》える美少女。

「……と、言ってるが？」

「こ、このクソアマ……！　黙《だま》らせてやる！」

ふむ……。

どうやら合意があったというのは嘘《うそ》だったようだな。

二人組の男たちは無理やり女の子を襲おうとしているようだった。

ガシッ！

首に手をかける男の手を掴《つか》む。

「な、なんだと……!?　Bランク冒険者であるこの俺がただのガキに腕を掴まれるなんてありえねえ……！」

これがBランク冒険者……？

冒険者にはF～Aまでのランクがあり、Bランクといえばかなり上澄《うわず》みに当たる。

まったく、弱すぎるBランクもいたもんだな……。

俺はそのまま軽く腕を捻《ひね》り、男を持ち上げ壁に投げ捨てた。

ドオオオオンン!!

大きな音がしたかと思うと、男は気を失ってしまったようだ。

「こ、この野郎！」

もう一人の男が襲いかかってくる。

「——遅い。動きに無駄が多すぎる」

小さく呟《つぶや》き、男を蹴り飛ばす。

ドオオオオンン!!

またもや壁に激突し、気を失ってしまったようだった。

いくら修行して俺が強くなったとはいえ、こいつら弱すぎないか……？

まあ、いいか。

「怪我はないか？」

さっきまで襲われていた女の子に声をかける。

女の子は呆然《ぼうぜん》としていた。

「あ、ありがとうございます……！　危ないところを助けていただいて！」

「ああ、気にしなくていいよ。大したこととしてないし……」

「えええええ!?　いやいや……だって相手はBランクの冒険者ですよ!?」

「Bランクにも上下ってものはあるんだと思うぞ。Cランクに近いBランクだったんだろう。多分な」

「そ、そうだとしても大したことなのでは……？」

うーん？

この辺りは『賢者の実』の代償で常識を失ってしまっているせいか、微妙に話が噛《か》み合わないな……。

勉強することでどうにかなればいいのだが。

「あの……もしかして有名な冒険者様なのですか……？　私、ルリア・イグニストと申します。よろしければお名前を……」

あまり長居をするつもりはなかったのだが、先に名乗られてこちらが名乗らないというのは失礼に当たるな……。

「俺はアレン・アルステイン。冒険者でもなんでもないよ」

「ええええ!?　で、ではアレンはどうして王都に……？　ここに住んでいるのですか？」

「アステリア魔法学院の試験を受けに……かな。ま、合格できるかは定かじゃないけどな」

「アステリア魔法学院……！」

ルリアは何かを思い出したようで、ハッと目を見開いた。

「私もそのために王都に来たんです！」

「そうなのか」

特に驚きはない。

ルリアは俺と同じくらいの歳だし、明日が学院の試験だということを考えると受験生が山ほど王都にいるだろうからな。

「と、ということはアレンは魔法が使える上に、体術《たいじゅつ》まで極められているのですか……!?」

「極めたってほどじゃないが……まあ、そこそこ戦えはするかな」

修行はしたが、せいぜいチンピラを捻り潰《つぶ》す程度の力。

このくらいできる者はザラにいるだろう。

「あ、あの……私、頑張って合格します！　なので一緒に入学できたら……仲良くしてくれますか？」

なぜか、顔を赤らめながら恥ずかしそうに言うルリア。

「それは、友達になってほしいってことなのか？」

「そ、そうですね。……まずはお友達から……」

「それなら断る理由がないな。……もっとも、俺が合格できればだが」

「アレンなら大丈夫ですよ!?　というか、アレンが落ちて他の誰が受かるんですか……！」

そう言ってくれるのはありがたいのだが、試験というものは何が起こるのかわからないからな……。

「まあ、お互いベストを尽くそう。明日は頑張ってな」

「はい！」

こうして少しばかりの談笑《だんしょう》を楽しんだ後、俺は手ごろな宿を見つけ、明日の試験に備えるのだった。

第二章　入学試験

夜が明け、試験当日になった。

アステリア魔法学院の試験は筆記試験・実技試験・実戦試験の三回。

全て今日一日で済ませるらしいから、忙しい一日になりそうだ。

俺は夜の間に『賢者の実』により手に入れた膨大な知識を復習しておいた。

もともと魔法学院の試験に向けて父レイモンドから指定された教科書で勉強していたから筆記試験に不安はない。しかし実技試験や実戦試験の方が配点が高いと聞くので、こちらにはやや不安が残る。

いや……父上のことだからまともな教科書を与えてくれていなかった可能性も高いな……。

となると、本当は図書館に篭《こも》ってちゃんと勉強しておいた方が良かったのか？　いや、一から勉強するには全然時間が足りなかったな……。

まあ、今から不安になっても仕方がない。

もともとダメだと思ってた魔法学院入学の夢に手が届くかもしれないと期待を持てただけでも良しとしよう。

最初に頭を使う筆記試験があるので、急がずゆっくりと歩く。

宿を出て二〇分ほどで王立アステリア魔法学院に到着した。

「なかなかの建物だな。……さすがは王国一の名門魔法学院か」

学院の校舎はまるで高級ホテルかと見紛うほどに豪奢な造りをしていた。

歴史を感じさせつつも近代的なデザインにリフォームされているし、どの校舎も建てられたばかりのように美しい。

改めて合格したいという思いが強くなる。

「ライバルは……多いな」

俺の他にも受験生と思《おぼ》しき若い男女が学院の門をくぐり、教室に向かっている。

数にして数千人はいるだろう。

その中で合格できるのはたったの三〇〇人。

ほんの一握りしか合格できない狭《せま》き門なのだ。

これが、この学院に入学できただけでも同世代トップのエリートと呼ばれる所以《ゆえん》である。

他の魔法学院との併願者《へいがんしゃ》が記念受験しているケースもあるので、受験者全員が優秀というわけでもないらしいが、それでも難関であることは疑いようがない。

俺は不自然にならない範囲でキョロキョロと受験生の顔を確認する。

「ルリアは……いないか」

確か、昨日ルリアもこの学院を受けると聞いたから挨拶くらいしておこうかと思っていたのだが、見当たらない。

まだ試験が始まるまでには時間があるから遅れてくるのかもしれないし、逆にもう試験教室に入っているのかもしれない。

……いや、俺は何を余計なことを考えているんだ。

まるで、俺がルリアを気にしているみたいじゃないか。

俺は改めて気を引き締め、筆記試験が行われる教室に向かった。

◇

「始め！」

という合図と同時に受験生たちが一斉に試験用紙を裏返し、カリカリとペンを走らせる音が教室中に響く。

試験時間は九〇分。

俺は落ち着いて名前と受験番号を記入し、問題を確認する。

試験なんて受けるのは転生以来初めてだから緊張する。しかし何よりも焦《あせ》らないことが大切だと前生の知識が教えてくれた。

まずは全ての問題を先にチェックし、解けそうな問題を確実に解く。

余った時間で残りの問題を解こう。

と、そう思っていたのだが……。

んんん……？

この試験、めちゃくちゃ簡単じゃないか……？

試験問題は父レイモンドから渡された教科書と同レベルのあまりに低次元なものしかなかった。

『賢者の実』により、俺はこの世界の歴史や魔法理論、その他幅広い膨大な知識を獲得した。

この濃密な知識の一端《いったん》にも届かないくらいの簡単な内容。

一番難しいといわれる最後の大問がこれだ。

――去年初めて王国魔法騎士団で使用された最上級魔法『氷結の冥府《ニブルヘイム》』を再現するにはどうすれば良いか。あなたの見解を答えなさい。

答えは簡単だ。

氷結の冥府の効果を要素に分け、魔法として成立する魔法式に落とし込めばいい。

まったく同じものじゃなく同じ効果で良いのなら、王国魔法騎士団が使ったものよりさらに効率化できる。

あれは確か、王国有数の魔法師が一〇〇人くらいで放った大型魔法なんだっけ？

この程度のことなら一人でもなんとかなるくらいの魔法式はすぐに作れる。いや、効率化するだけじゃ面白くないな。もっと威力が上がる手法も考えてみよう。

そういえば、教科書には『魔法式』の説明がなかったな？　念のため魔法式の概念も説明しておくか。

……このようにしてサラサラっとペンを走らせること約二〇分ほど。

全ての問題を解き終えた。

簡単すぎて何か引っかけがあるんじゃないか？　と勘ぐってしまうが、見直しても間違いは見つけられなかった。

アステリア魔法学院の試験は筆記よりも実技が重視されるらしいから、筆記試験は俺が思っていたより簡単なものだったのだろう。

しかし、チラッと見える前の席の受験生たちはみんな答案を書き直したり、頭を抱えたりと忙しそうだな？

なんでだろう……？

あっ、単に文字を書くのが遅いのかもしれない。

俺は修行で魔法の技術だけじゃなく、身体も鍛えたからな。指の筋肉を鍛えたおかげで文字を書くのが周りより早くなっていたのだろう。

そうじゃなければ俺だけ早く解き終えられたことの説明がつかない。

となるとここで点差はつかないのか……。

まあいい、残りの暇《ひま》な時間は実技試験に備えて眠って待つとしよう。

◇

筆記試験が終わると、俺たち受験生たちは校庭の一つに連れてこられた。

アステリア魔法学院はかなり敷地が広く、校舎の奥には三つの校庭が広がっている。

第一校庭は校庭というよりも演習場のような様相《ようそう》で、王都の外のフィールドを再現したような場所。

第二校庭も一般的な校庭ではない。闘技場のように中央がフラットになっており、周りは階段状の観戦席のようになっている。

第三校庭はいわゆる一般的な校庭というイメージだ。

芝生が青々としており、サッカーでもできそうな感じ。

この校庭は発光するタイプの魔道具《まどうぐ》を用いた白線が引かれており、スペースを分割して使うつもりのようだ。

今日の入学試験で使うのは第一・第三校庭のみとなっているらしい。

実技試験は第一校庭、実戦試験は第三校庭を使うとのことだ。

俺たちは二〇～三〇人ごとのグループに分かれて、第一校庭の各地に連れてこられた。

「皆さん集まったようですので、試験の説明を始めますね」

おそらく学院の職員なのだろう、女性試験官は人数が正確かどうか確認した後、手元の資料を読み上げる。

「二次試験は『実技試験』を行います。皆さん、向こうを見てください」

試験官の目線の先を眺めると、そこには琥珀《こはく》色のカカシが立っていた。

カカシは異世界だから特別な形をしているということはなく、普通に畑に刺《さ》さっていそうな感じのものだった。

「皆さんにはあのカカシを的に、魔法で攻撃してもらいます。攻撃をするとすぐに攻撃力の表示がされますから、それがそのまま点数になります」

ここにいる者は全員が試験内容については予習済みだということは理解しているはずだが、なかなか丁寧《ていねい》な説明だな。

すぐに試験を始めないのは、受験生の緊張を解《ほぐ》すための心配りなのかもしれない。

「ここまでで何か質問がある方はいますか？」

質問か……ないこともないな。

俺はスッと手を挙げた。

「質問というより確認なんだが……あのカカシって、壊したりしても弁償《べんしょう》しなくていいんだよな？」

俺が質問を投げると、試験官と受験生たちが一斉に俺を見て「何言ってんだこいつ」と言わんばかりの目を向けた。

え、何か変な質問しちゃったみたいだな？

さすがに壊れた時に弁償させることはないとは俺もわかっているが、確認くらいさせてくれても良くないか？

「え、ええとですね……。このカカシ……測定器は、王国魔法騎士団で使われているものと同じで、オリハルコンとアダマンタイトを合成した世界最高の強度を持っています。そもそも壊れることはありえないでしょう。ですから当然弁償もありませんよ、安心してくださいね」

試験官が答えると同時に、周りの受験生たちからクスクスと笑いが漏《も》れた。

ふむ、壊すというのがジョークだと思われたようだな。

確かにそれほど硬い素材でできているなら安心して良いのだろう。

安全に練習できる場所がなさすぎて最上級魔法の練習はできていなかったので、いい機会だ。

俺は拳《こぶし》を握り、気合《きあい》を入れた。

「ではそろそろ始めたいのですが、もう一点だけ。使用できる魔法は初級魔法のみです。事前にお伝えはしているかと思いますが……」

……と、そうだった。

実技試験では同じ規模の魔法じゃないと正確に実力を測れなかったり、ここで無理をしすぎて実戦試験でバテてしまうのを防止するため、初級魔法のみのレギュレーションになっている。

最上級魔法はまたの機会にお預《あず》けだな……。

「では、試験を始めます。一人目――」

名前を呼ばれた受験生が定位置につく。

右手をカカシの方に向けた。

「神より賜《たまわ》りし我が魔力、魔法となって顕現《けんげん》せよ。出《い》でよ『火球』――!!」

だ、だっせえええ……!

俺は共感性羞恥《きょうかんせいしゅうち》で顔から火が出そうなくらい恥《は》ずかしくなった。

な、なんなんだよこのダサい詠唱……。

いや確かに俺も魔法を使うには詠唱が必要だと教わったから、ほんの数日前までこのクソダサイ詠唱をしていた。

……だから、人のことは言えない。

これが普通のことなのだから、本来は恥ずかしいと思うことではないのだ。

しかし俺は『賢者の実』で異世界の知識を手に入れてしまった。

異世界ではこんな詠唱をリアルで言う人間のことを『中二病』と呼ぶらしい。すごく痛々《いたいた》しく見えてしまうのだ……。

俺はもちろん無詠唱魔法が使えるので、もう詠唱魔法を使うことがない。馴染みが薄れてしまっただけに気になってしまうのかもしれないな……。

と、そんなことはともかく。

トップバッターの受験生が詠唱を叫んだと同時に、小さな火の球がヒューっと綺麗《きれい》な放物線《ほうぶつせん》を描いて飛んでいく。

プシュン！

——と小さな音を出してカカシに衝突《しょうとつ》した。

カカシの上に攻撃力が表示される。

威力：192

その瞬間。

「うおおおお――!!　す、すっげえええ！」

「いきなりすごいのが出たな……！」

「くっ……俺はこんなやつらと戦わなくちゃいけないのか……！」

他の受験生たちから次々にこのような声が漏れた。

えええええ……？

今のってすごかったんだっけ……？

ま、まぁ……みんながすごいと言ってるってことはすごいんだろう、多分。

まずい、常識を失ってしまったせいでまともな判断ができなくなってるな。

すごいものをすごいと思えなくなっている。

「では、二人目。アレン・アルステイン」

あれはすごかったのだろうと無理やり自分を納得させようと努力していたところで、俺の名前が呼ばれた。

そうだ、二番目だったな。

一人目がすごすぎたせいか、なぜか後に続く俺まで注目されているような気がするな？

あまり人前に出るのは得意じゃないので少し緊張してしまうが、ここは平常心《へいじょうしん》……平常心だ。

「よし――！」

俺は右手を突き出し、カカシに向ける。

そして、魔法式を組み立てていく。

魔法というのは、コンピュータに似ている。

コンピュータ上で動くソフトウェアは全て0と1の組み合わせでできており、電流のオン・オフで区別している。

それと同じ考え方で魔力のオン・オフにより論理的に可能な範囲でどんな魔法も再現できるのだ。

詠唱魔法はダサいという問題以外にも、余計なコストが生じるという問題がある。

詠唱魔法は『言葉』が自動的に魔法式に変換され、事象を再現することができる技術。

しかし人の魔力回路はそれぞれ違う。

単一の言葉で同じ魔法を再現しようとすれば、自動で最適化《さいてきか》はされるもののそこになんの意味もない調整コスト――すなわち無駄が発生する。

いわゆる教科書的な魔法の練習というのは、何度も無理やり魔力回路に魔法を流すことにより、人体を魔法式に最適化させるというもの。

ただし俺のように生まれつき魔力回路の柔軟性がない人間は魔法式に合わせることができず、能力を発揮《はっき》しきれない。

まあ、そもそもこんな無駄だらけの技術を使う必要性もないわけだが――

そんなことをコンマ一秒の間に思いながら、俺は『火球』を放った。

さっきの受験生とは比べ物にならないほどにメラメラと蒼く燃える巨大な火球がカカシに向けて飛んでいき――

ドゴオオオオンンンッッッ！！！！

轟音《ごうおん》と爆風にこの場が包まれたのだった。

砂埃《すなぼこり》が舞《ま》い、視界がゼロになる。

「……な、なんだなんだ!?」

「な、何が起こったんだ!?」

「王国魔法騎士団顔負けの破壊力……いや、それどころじゃねえ。詠唱すら……！」

突然の出来事に辺り一帯は騒然《そうぜん》としていた。

約一分ほどで粉塵《ふんじん》が落ち着き、被弾《ひだん》地点が見えた。

カカシは半壊という状態。

ギリギリ形を保っているが、亀裂《きれつ》が入っていた。

なんか硬い素材らしいけど、普通に壊れちゃったな？

念のため確認しておいて正解だったようだ。

というか、初級魔法『火球』じゃなかったら亀裂だけで済まなかったなこれ。

亀裂が入っているとはいえ、攻撃力の表示は出るらしく、結果が表示された。

威力：99999＋

……いや、バグってるなこれ。

俺が魔法を放った後、試験官は目を見開き、しばらく大口を開けただけで声も出ない様子だったが、そろそろ正気に戻ったらしい。

「な、な、な、なんということですか……!? あれが壊れるなんて……聞いたことがありません！ アレン・アルステイン……き、規格外《きかくがい》すぎますよ……これは！」

と思ったら、正気ではなかったようだ。

規格外ってほどではないだろう。

普通のことを普通にしただけなんだからな。

女性試験官はその後あたふたしながら代わりのカカシを他の職員と一緒に運び、試験を再開するのだった。

実技試験に関しては点数が『99999＋』。

確か192ポイントですごいと言われていたから、これが本当ならかなり良い点数だと思うのだが、的《まと》であるカカシが壊れてしまっていたからな。

正確な点数かどうかは怪しい。

とはいえ、試験を終えた俺にもうできることはない。
残り一つの試験――実戦試験を全力で頑張るとしよう。

◇

実技試験の後は第三校庭――綺麗な芝生が広がるサッカーグラウンドのような趣《おもむき》がある場所に連れてこられた。

大規模な校庭だが、魔導具による白線で無数のブロックに分けられている。

各ブロックに二〇～三〇人の受験生が集められ、ブロックごとに一人の試験官がつくといった形になっているようだ。

今度の試験官は屈強《くっきょう》な体格のおっさんだった。

歳は四〇代くらいだろうか。

雰囲気から手練《てだ》れの魔法師だろうという気配がプンプンしている。

「よし、集まったな」

おっさんは咳払《せきばら》いを挟んだ後、言葉を続ける。

「三次試験は知っての通り、実戦試験だ。……より具体的に言えば、俺と決闘して強さを見せつけてみろ――っていう試験だから皆頑張るように」

なかなかに雑な説明だが、まさにその通りである。

実戦試験は試験官と受験生が一対一の決闘スタイルをとる試験。

相手が死ぬような攻撃以外はなんでもありの自由な内容になっている。

魔法学院の卒業生の多くは冒険者や、王国を守る魔法騎士団の一員になることが多い。

そのため試験内容からしてある種戦いのセンスを問うようなものになっているのだ。

もちろん試験官はアステリア魔法学院の講師でもあるから、受験生が決闘に勝てるわけがない。

この学院に入学してからさらなる成長ができるだろうと期待させるか、あるいは現時点でとてつもない能力があると認めさせれば良い。

試験官の感触が点数に反映されるので、試験官との相性が悪ければ点数が低くつけられてしまう可能性もある。

このような理由から、アステリア魔法学院の試験の中では運の要素が大きい試験といわれている。

もっとも、負けて当たり前ともいわれる試験官との決闘で勝ってしまえるのなら話は別だが。

「……す、すげえ。本物のオーガス様だぜ！」

「試験とはいえ、憧《あこが》れの人にこんな形で手合わせしてもらえるなんて俺は幸せすぎる！」

「なんたって王国魔法騎士団最強の男だろ？」

この試験官は、あのオーガスなのか。

今日初めて顔を見たが、魔法を扱う者としてこの名前を知らない者はいないだろう。

オーガス・デイトネス。

約一五年もの間、王国魔法騎士団最強の魔法師として君臨《くんりん》した男。

最後の方はさすがに全盛期《ぜんせいき》の力を保つことはできず引退したが、一五年前の世界大戦《せかいたいせん》において大活躍し、この王国の立場を確かなものにしたという話は有名だ。

俺が生まれてすぐの頃の話なのでいまいちピンとこないのが実際のところだが、そんなとんでもない実力者がこの学院で講師をしているとはな……。

「ギャーギャーうるせぇよ。昔のことは関係ねぇ。さ、来るなら俺に勝つつもりでかかってこい。まずは一人目、始めるぞ」

順番はさっきの実技試験と同じ。

さっき192ポイントの高成績を出した受験生が緊張した面持《おもも》ちでオーガスと対峙《たいじ》する。

「神より賜りし我が魔力、魔法となって顕現せよ。出でよ炎の雷……『炎雷』──!!」

受験生が詠唱を終えると同時に、上級魔法『炎雷《フレイムサンダー》』がオーガスに叩《たた》き込まれる──はずだったのだが。

「おせぇよ」

襲いかかる炎の雷の動きを完全に把握《はあく》しているのだろう。

無駄のない身のこなしでサッと躱《かわ》したのだった。

まったく焦《あせ》った様子がなく、道端《みちばた》のうんちを避けるかのような日常そのものに見えた。

「な、な、な……!」

さすがにあの速度を躱されるのは想定外だったのだろう。

受験生はかなり動揺《どうよう》している様子だった。

魔法師でありながら、あの身体能力……さすがだな。

でも、あの程度ならなんとか追いつけないこともないはずだ。

オーガスは明らかに本気を出していない。

あの受験生には悪いが、格《かく》が違うな……。

「出でよ――『火球』」

オーガスが詠唱すると同時に、轟々と燃える火の球が受験生の足元に着弾する。

直接ぶつけるのではなく、爆風で吹き飛ばすことが目的だったようで、受験生はなす術もなく吹き飛んでいったのだった。

……それにしても、オーガスの『火球』は普通の詠唱と違ったな。

俺のように完全無詠唱ではないが、かなり詠唱を短縮できている。

こういったところも含めて、オーガスがすごいといわれるのだろう。

「では、二人目――アレン・アルステイン。かかってこい」

「……っ!」

さっきの受験生が瞬殺《しゅんさつ》だったことで、すぐに俺の番がやってきた。

俺は定位置につく。

さて、どう戦おうか……。

本気の一撃を加えたとして、もし反射攻撃をされれば、俺はひとたまりもない。

さっきのように攻撃を躱されれば、周りを一緒に吹き飛ばしてしまう。

……人口密度が高くなっている今の校庭では危険だ。

諸々《もろもろ》のことを考え、俺はまず様子見をすることにした。

俺は右手を突き出し、『火球』を放つ。

蒼く輝く火球がオーガスに向けて直線を描いて飛んでいく――

「なっ……！　何、無詠唱だと⁉」

オーガスの額から汗が溢《あふ》れた。

俺が無詠唱魔法を放ってくるのは想定外だったようで、一瞬の焦りが見えた。

しかし――

「出でよ――『光の刃《やいば》』」

オーガスが詠唱すると、右手がパーっと淡《あわ》い光に包まれた。

淡く光る右手を手刀《しゅとう》のように使い、俺の放った『火球』を叩き斬《き》るオーガス。

ズバアアアンッッッ‼

「威力《いりょく》も速度も申し分ねえ……。ったく、まさか入学試験でこれほど燃えるやつに出会っちまうとはな……。アレン、次はこっちからいくぞ――！　出でよ――『流星群《メテオシャワー》』‼」

オーガスが詠唱すると同時。

無数の火球が出現し、俺に向かって飛んでくるのだった。

さっき、トップバッターの受験生に放った『火球』とは質からして違う。

この規模は上級魔法……。まだ本気ではないはずだが、それでもとてつもない量の魔力が篭っていた。

もはや学院入学前の一般人に向けて撃つ魔法の威力じゃないな、これ。

でも、俺を戦う価値のある対象として認めてくれたということでもある。

「ええ、受け止めます」

俺は端的に答え、魔法の準備を始める。

攻撃だけじゃなく、身を守る術もこの二週間で身につけてきた。

『魔力壁』。

俺が魔法を発動した瞬間、前面に透明の壁ができた。

魔力により硬質《こうしつ》の壁を何層にも張ることで攻撃を吸収することができる。

ガガガガガガガ――――ンッッッ！！！！

無数の『火球』が防御壁に衝突し、けたたましい音を立てる。

そして数秒後、俺は無事に全ての攻撃を凌《しの》いでみせたのだった。

「す、すげええええええ――!!」

「あ、あのオーガス様と互角《ごかく》に戦ってるだと!?」

「あいつ何者だ!?　俺、夢でも見てんのか!?」

周りで見ていた他の受験生もかなり盛り上がっているようだ。

しかし、『互角』というのは少し違うな。

既に俺の中ではこの決闘に勝てるという確信があった――

「今の攻撃を凌ぎ切るか……！　よし、ならば全力でいくぞ‼」

　オーガスはそう宣言し、両手を天に向けた。

「出でよ――『純粋魔力弾《ピュア・マジックバレット》』‼」

　普通なら隙《すき》だらけにしかならない体勢だが、不思議とまったく付け入る隙がないように見える。

　それでも無理やり隙をこじ開けることもできるが……変なリスクは背負わず、お手並《てな》み拝見《はいけん》といこうか。

「うおおおおおおお――‼」

　オーガスの両手の上には、巨大な光の弾が形成されていた。

　あれは……魔力弾か。

　通常、魔法というのは火・水・地・風・聖・闇のいずれかの属性を持つか、あるいは複数の属性が組み合わさって成立している。

　しかし、オーガスの魔力弾はそれらとはまったく性質が違う。

　完全な無属性だった。

　理論的にはだが、特定の属性を付与しなくても良い場面では、破壊力を引き出すことにおいては、無属性は最も効率がいい。

　俺は無詠唱魔法で容易に再現できるが、詠唱魔法でこれを使えるようになるまでは途方もない努力とセンスが必要だっただろう。

　これはオーガスが現役時代には使っていなかった技術だ。

全盛期に比べれば身体が追いつかなくなったから引退したとばかり世間では思われているし、俺もそう信じてきた。

しかし、そうではなかったらしい。

現役を退《しりぞ》いてもどんどん強くなっているのだ。

まったく……伝説として流れている話よりも本人はとんでもない規格外だ。

「俺も、全力で応えさせてもらいますよ」

真面目な声で宣言し、俺も天に両手を上げる。

そしてオーガスの『純粋魔力弾』を見様見真似《みようみまね》で再現した。

俺なりの解釈《かいしゃく》で、オーガスよりも効率良く、威力が高くなるよう工夫を施して、魔法式を構築していく――

「とりゃあああ――!!」

オーガスが両手を振り下ろしたと同時に、魔力弾が飛んでくる。

「……っ!」

俺もそれに応える形で、魔力弾を飛ばした。

二つの魔力弾が衝突し、爆発を起こした。

とんでもない爆風が発生する――

ドッガアアアアアンンンッッッ――――――!!!!

俺は『魔力壁』を展開し、衝撃に備える。

あまりの衝撃に魔力壁がビリビリと振動し、壊れてしまわないか心配になるほどの威力だった。

しかし、どうやら俺の魔力弾の方がギリギリ攻撃力が上回っていたらしく——

「くっ、ここまでか……。これは、完敗《かんぱい》だな……」

無傷の俺とは対照的に、傷だらけのオーガスが膝《ひざ》をついていたのだった。

俺の勝てるという予感は完全に的中したらしい。

とはいえ、感触的には本当にギリギリの戦いだった。

オーガスがもう少し若ければ、あるいは俺の修行日数があと一日短ければ、勝敗は違うものになっていたかもしれない。

俺は『魔力壁』を解除し、「ありがとうございました」と一礼した。

受験生の俺にとっては採点基準はわからないが、試験官に勝ってみせたのだ。

この試験に関しては合格点を確実にもらえるだろう。

「す、すっげえええええええ……」

「ま、まさかあのオーガス様と互角に渡り合うだけでなく、勝ってしまうとは……」

「っていうか、試験官不在でこの後どうなるんだ⁉」

俺たちの周辺ブロックの受験生は騒然としていた。

さて、試験も終わったことだし、宿に戻るか。

ちょっと今日は早起きだったのと、魔力を使いすぎたせいで少し眠い。

俺は欠伸《あくび》をしながら学院を後にした。

◇

入学試験終了後の夜。

アステリア魔法学院では講師が集まり、会議が行われていた。

「学院長、アレン・アルステインを不合格にするというのはどういうことですか⁉」

アレンの実戦試験を担当したオーガスが声を荒らげた。

白髪の学院長が、成績表を見ながら冷たく答える。

「アレン・アルステイン……筆記試験満点。実技試験満点。実戦試験満点。……優秀ではあるようだが、所詮《しょせん》は庶民《しょみん》だろう」

アレンはほんの少し前まで男爵家の次男……つまり、貴族の身分を持っていたが、つい最近勘当されてしまったため、現在はただの庶民である。

「それはそうですが……我がアステリア学院は身分を問わない……そう謳《うた》っているではありませんか！」

「ふっ、だからどうしたというのだ。わしが学院長になって以来、庶民の入学を許したことはただの一度もない。なぜ貴族を落とし、下賤《げせん》な庶民を入れねばならん？　この世は平等ではないのだ」

「しかし……それでは学院は威厳《いげん》を失いますよ。後から入試のルールを捻じ曲げるなど……」

オーガスの主張に、他にも賛同する者がいた。

実技試験でアレンの担当だった女性講師。

「私もそう思います。それに、アレン・アルスティンは今の時点でも冒険者として最高峰《さいこうほう》に値します。それを学院が落としたとあっては、公正な試験が行われたのか疑われるでしょう」

「ふむ、確かにそれは体裁《ていさい》が悪いな。だが……入学を認めるとなればこやつが主席《しゅせき》じゃろう。それだけは認められんぞ！」

「では……主席でなければ良いのではないでしょうか」

女性講師にとってはあまり気持ちの良い提案ではなかったが、学院長にもどうしても譲《ゆず》れない点がある。

ここが落とし所だと判断した。

「アレンの点数を調整し、二位の合格者とする。……これなら、主席は別の者になるのではありませんか？」

「なるほどの。その手はありじゃな。……じゃが、やはり下賤な庶民を普通に入学させるのは癪《しゃく》に触《さわ》るのう」

学院長はしばらく押しだまり、手をポンと叩いた。

「そうじゃ、いいことを思いついたわい。かつて、この学院には庶民枠があったのう……。それを復活させるのじゃ」

学院長の言葉に、この場の全員が息を呑《の》んだ。

「が、学院長……庶民枠というのはあまりにも……」

「わしの判断に何か不服《ふふく》か？」

「い、いえ……」

誰一人として、反論できる者はいなかった。

庶民枠でも合格であることに変わりはない。

しかし、かつての歴史を知る講師たちにとっては驚かざるをえなかった。

庶民枠での合格者というのは、俗称《ぞくしょう》で『劣等烙印者《れっとうらくいんしゃ》』と呼ばれているのだ。

アステリア魔法学院では、三〇年前まで『身分を問わない』という謳い文句の通り、庶民にも枠を用意し、入学を許していた。

その枠は庶民の中で上位一名のみ。

基本的に、魔法を学ぶことができるのは余裕のある裕福な家庭の子息《しそく》だけに限られる。

庶民は上位一名だったとしても、貴族の最下位合格者に劣ることが多かった。

そうしたことから、庶民のイメージは劣等生となり、庶民であるというだけで不遇《ふぐう》な扱いを受けていたのだった。

もっとも、庶民の中でも貴族の最下位合格者よりも強い者はいた。

しかし、一般枠から庶民が合格することは不可能。

どうしても庶民のレッテルは避けられなかった。

一般の生徒が白を基調とした制服に統一されているのに対して、庶民枠合格者——劣等烙印者だけは、黒を基調とした特別な制服を着用することを義務付《ぎむづ》けられる。

劣等烙印者は、他の生徒に対する当《あ》て馬役《うまやく》。

見た目ですぐに落ちこぼれであることがわかるため、虐めの対象となることも多かった。

庶民枠で入学してしまった大半の生徒は、三年を待たずに退学してしまう。

学院長の命令はあまりにも理不尽だったが、これ以上の譲歩は引き出せそうにない。

「では、今日の会議は終わりだ。明日掲示《けいじ》するように」

こうして、アレンが知らないうちにアステリア魔法学院の入学が決まったのだった。

第三章　合格

入学試験の翌日。

今日の朝九時に試験結果が発表されるということで、俺は朝一でアステリア魔法学院に来ていた。

桜が咲く門の前で、顔見知りの女の子と目が合った。

「アレン、おはようございます！」

「おはよう、ルリア」

ルリアとは入学試験前日にチンピラ冒険者から助けて以来だった。

『以来』と言っても二日ぶりでしかないのだが。

「アレンは昨日の試験どうでしたか？」

「どうっていうのは？」

「感触とか」

「うーん、そうだな。筆記試験にはあまり自信がないな」

あまりにも簡単すぎて、何かの罠《わな》なんじゃないか？　といまだに疑っている。

「た、確かに今年の試験は特に最後の問題が難しかったですからね……。でも、難しいのはみんな同じのはずですよ！」

「うん、それはそうだな」

「それ以外はどうだったのですか？」

「実技試験もちょっと不安が残るな」

的であるカカシを壊してしまったので、きちんと計測できているのか心配だ。

「確かに、数字で見えてしまいますからね……。最後の実戦試験はどうだったのですか？」

「あれは手応えを感じるよ。いい点数がついてるはずだ」

一応は試験官を倒しているわけだしな。

「一つでも自信があるのはいいですね！　それならきっと大丈夫ですよ！」

「だといいんだがな」

そんな他愛《たあい》もない会話をしながら、校舎の前に設置されている合格発表の掲示板を見に行く。

掲示板の周りには、たくさんの受験生が集まっていた。

笑っている者、泣いている者、笑いながら泣いている者と様々。

掲示板を上から確認していく。

一位：アリエル・スカイネス　筆記試験80／実技試験181／実戦試験190
二位：ルリア・イグニスト　筆記試験88／実技試験156／実戦試験178
…………………
…………

……


なんと、二位にルリアの名前があった。

筆記試験の満点が100点、実技試験が200点、実戦試験が200点だから、約84％の得点率。

最難関といわれるこの学院の入学試験でこれだけの点数を取ったのは贔屓《ひいき》なしにすごいことだ。

「ルリア、すごいな……」

「わ、私が二位……!?」

本人も信じられないといった様子だった。

「おめでとう、ルリア」

「ありがとうございます！　アレンの名前もきっと載《の》ってるはずですよ！」

ルリアはそんな優しい言葉をかけてくれるが、少なくとも上位には俺の名前はなかった。

不安が的中し、筆記試験と実技試験で失敗してしまっていたのだろう。

だとすると三〇〇位まで確認してもない可能性が高いな。

そんなことを思いつつも、一応は確認しておく。

「あっ、アレンの名前ありましたよ！」

「なっ、本当か!?」

俺より先にルリアが見つけてくれたようだった。

「はい、三〇一位で合格してますよ！　でも……なんか、変ですね」

「三〇一位……？」

毎年、アステリア魔法学院の新入生は三〇〇人のはず。

今年から一枠増えたということか？

「三〇一位というのもそうなのですが、他にも……」

「何が変なんだ？」

「いえ、得点が……今までこんなの見たことなくて」

「……？」

ルリアの話を聞くだけではよくわからないので、俺も掲示板を覗く。

【庶民枠】アレン・アルスティン　筆記試験100／実技試験200／実戦試験200／
　庶民補正－200

なんと、俺は全ての試験で満点を取っていたようだった。

しかし、ルリアが言っていた通り、気になるものがあった。

他の合格者にはなくて、俺にだけはある不可解な数字。

それに、【庶民枠】という特別な文字列。

「庶民補正……？　庶民枠……？」

俺は、思わず呟いた。

「文字通り読めば、貴族ではないから点数を普通より減らす……ということでしょうか？」

「そうとしか思えないが……ここは誰でも合格できるチャンスがあるアステリア魔法学院だぞ……？　二〇〇点も引いたら、満点でも取らない限り絶対に落ちるじゃないか」

例年の合格者ボーダーラインは得点率60％。

本当にギリギリの合格だった。

「あの、そもそもアレンは貴族ではないのですか……？　アルスティン村の名前は聞いたことがあるのですが……」

「ああ、俺は実家を勘当されたからな……もう貴族じゃないんだ」

「そ、そうだったのですね……！　すみません、変なことを聞いてしまって……。でも、アレンほどの人を追い出すなんて信じられません。何を考えているのでしょうか……」

「さあな。……まあ、ギリギリでもなんでも、合格できただけ良かったよ。これからもよろしくな」

「は、はい！　こちらこそよろしくお願いします！」

ルリアは嬉しそうに微笑《ほほえ》み、俺の胸に飛び込んできたのだった。

こうして合格の喜びを噛み締めていたところ——

「あなたがアレンなの？」

銀髪赤目《ぎんぱつあかめ》の美少女に声をかけられた。

ルリアと同じくらい髪が長く、胸も同じくらい大きい。

少し生意気そうなルビー色の目が俺をジッと見ていた。

「ああ、そうだが……？」

「……やっと見つけた。私はアリエル・スカイネスよ」

「そういえばその名前……」

さっき、掲示板で見た気がする。

確か、今年の合格者で一番の成績——主席合格者。

「私はスカイネス子爵家の次女にして今年のアステリア魔法学院主席——のはずだった」

「うん？　そうじゃないのか？」

「ええ、あなたのおかげで二位になってしまったわ。例年なら確実に一位の成績だったけどね」

「例年ならも何も、アリエルは主席だろ？」

掲示板に書かれていたことが嘘だとでも言うのだろうか。

「あんな紛《まが》い物の一位に価値なんてないわ。よくわからない補正を抜けばあなたが主席じゃない」

「まあ、そう言われてみればそうだが……そんな細かいことを気にしなくてもいいんじゃないのか？」

「こ、細かい……⁉　私がどれだけ一位のために……くっ、こんなことを平気で言う男に負けたなんて、惨《みじ》めでしかないわ」

やれやれ、面倒臭いやつだな……。

どんな形であれ、一位は一位だろうに。

なんでこうも過程にこだわるんだろうな。

そもそも、入学が決まったのなら、入学試験の結果なんてどうでもいいと思うのだが……。

俺とルリアが困惑していると、アリエルは俺に人差し指を向けてきた。

「私と決闘しなさい。あなたに負ける気がしないわ」

「うーん、やめた方がいいと思うけど……」

「実質主席の余裕ってやつ？　そんなの、やってみなくちゃわからないじゃない」

アリエルにも譲れないものがあるのだろう。

正直面倒だが……これから三年間同じ学院に通い、もしかするとクラスメイトになるかもしれない人物。

仕方ない、相手をしてやるか。

「わかった。そこまで言うのなら、決闘を受けよう」

◇

アリエルとの決闘を承諾《しょうだく》するやいなや、俺は第二校庭まで連れてこられていた。

ちなみにルリアもさっきの流れでついてきている。

第二校庭は入学試験の際にもチラッとだけ見たが、イタリアのローマにあるコロシアムに似た感じ。

階段状の観戦席に囲まれる形で、中央だけフラットになっている。

「ここで決闘をするわ」

「勝手に使って大丈夫なのか？」

「ええ、学院生なら行事以外では放課後に自由に使ってもいい施設だもの」

まだ入学する権利を得ただけで、正式に入学手続きを済ませたわけではないのだが……まあ、その辺はいいか。

「なるほど。それで、ハンデはどうする？」

「ハンデ……？　なんのことかしら？」

アリエルが怒ったように俺を睨《にら》んできた。

なんで不機嫌になったんだろう……？

また常識から外れたこと言っちゃったのかな？

「ハンデっていうのは、ハンディキャップのことだ。さすがに俺とアリエルが同じ条件で決闘するわけにはいかないだろう？」

補正前の入学試験の成績は俺の方が良かったのだからな。

一方的に蹂躙《じゅうりん》するような形になってはせっかくの決闘もつまらなくなってしまう。

「こ、言葉の意味はわかってるわよ！　ふざけたこと言わないで！　当然ルールはフリーよ。殺し以外はなんでもあり。ダメとは言わせないわ」

「アリエルがそれでいいなら俺は構わんが……本当にいいんだな？」

「え、ええ……そうじゃないと意味がないもの」

とりあえず、これで話はまとまったようだった。

「あ、あの……アレン。大丈夫だとは思いますが……気をつけてくださいね。準備時間とか全然ありませんでしたし……」

ルリアが心配そうな声で伝えてきた。

「大丈夫、問題ないよ」

本気を出さないよう気をつければ、誤《あやま》って大怪我をさせてしまうようなこともないだろう。

そのくらいは俺も心得ている。

……と、それにしては心配そうに見つめる顔がちょっと奇妙だな？

アリエルを心配するならアリエルの方を見てもいいと思うのだが。

まあいい。

ルリアが観戦席の方に移動した頃合いを見計らって、俺はアリエルと約一〇メートルほど距離を取った。

「いつでもいいぞ。攻撃してくるといい」

「……っ！」

アリエルは、俺の方へ右手を突き出し、詠唱を始める――

「神より賜りし我が魔力、魔法となって顕現せよ。出でよ氷の無限槍……『終わりなき氷槍《エターナル・アイス・スピア》』——っ！」


ふむ、いきなり上級魔法とはな。

さすがは王国一の名門アステリア魔法学院の主席合格者といったところか。

でも、所詮は詠唱魔法。

入学試験の時には『能力を見せる』ことが主だった理由だから、使わなかった魔法がある。

今回はそれを使うとしよう。

アリエルの魔法の詠唱が完了し、魔法が発動する直前に、俺の魔法が発動する。

詠唱魔法には重大な弱点がある。

それは、詠唱する言葉によりどのような魔法を使うのか相手に伝わってしまうことだ。

詠唱魔法の使い手同士ならなんの問題もないが、俺のように無詠唱魔法の使い手と戦う際には大きな問題になる。

『不発化魔法《ふはつか》』——とでも呼ぼうか。

これは正確にはなんらかの魔法というよりかは、単なる技術なのだが……。

アリエルが発した詠唱により、俺はどのような魔法を放つのか事前に知ることができた。

既存の詠唱魔法のパターンなど数千種類くらいしかない。

俺は『賢者の知恵』により詠唱魔法の全ての構造を理解しているので、俺の魔力をほんの少しだけ発動間近の魔法に当てることで無効化することができる。

パリンッ！

「……え!?　……は、はあ!?　どうして魔法の発動に失敗しちゃうのよ!?　威力が弱いだけならまだしも、発動に失敗するなんて、今まで一度もなかったわ……！」

突然魔法が無効化されたことで、アリエルはかなり動揺しているようだった。

「神より賜りし我が魔力、魔法となって顕現せよ。出でよ氷の無限槍……『終わりなき氷槍《エターナル・アイス・スピア》』——っ！」

パリンッ！

「神より賜りし我が魔力、魔法となって顕現せよ。出でよ氷の無限槍……『終わりなき氷槍《エターナル・アイス・スピア》』——っ！」

パリンッ！

「神より賜りし我が魔力、魔法となって顕現せよ。出でよ氷の無限槍……『終わりなき氷槍《エターナル・アイス・スピア》』————っ！」

パリンッ！

「何度やっても同じことだ。俺を相手にする限り、魔法は発動しない」

「こ、これあなたが……！　あ、ありえない……人智《じんち》を超えているわ」

「そんなつまらない嘘は吐かないんだけどな」

「あ、ありえないというのは言葉の綾《あや》で……くっ！」

あれ？　そうだったのか。

「まあ、これでわかっただろ？　もう決闘は終わりにしよう」

　さすがにここまで歯が立たないなら素直に諦めてくれるだろう。

　そう思っていたのだが――

「いいえ、まだよ。まだ勝負は終わっていないわ。魔法が使えないのなら、魔法を使わなきゃいいのよ！」

　うん？

　何を言っているのか理解したのは、その数秒後。

「うおっ！」

　アリエルは魔法を捨て、肉弾戦でかかってきたのだった。

　さすがにこれは想定外。

　思わず驚きの声を漏らしてしまう。

　生意気なだけだと思っていたが、この諦めの悪さ……嫌いじゃないな。

　そのようなことを思いながら、俺はアリエルの攻撃を軽い身のこなしで避けていく。

「この！　この！　えい！」

　しかし、肉弾戦を仕掛けてきたわりには、動きが悪いな。

　多くの魔法師は魔法の技能を磨くことに心血《しんけつ》を注ぐため、肉体自体を鍛えることを疎《おろそ》かにしがちになる。

　アリエルも例外ではなかったようだ。

まあ、これは魔法学院では評価されない項目だから仕方がないといえばそうなのだが……。

「避けてばかりね！」

「ここで俺が魔法を撃てばそれで終わるがな」

「……くっ」

手加減していることが伝わってしまったからなのか、アリエルは恨めしそうに俺を睨んだ。

「しかし大丈夫か？　だんだん足元が覚束《おぼつか》なくなってるが」

「へ、平気よ！　このくらい！」

やれやれ。

ずっと拳を振ったり、足を振ったりを続けているので、疲労《ひろう》が溜《た》まっているようだ。

根性だけでまだ続けているようだが、限界は近いように見える。

「ってい――って、あっ」

ああ、言わんこっちゃない。

アリエルが俺に蹴りを加えようとした瞬間。

足を滑《すべ》らせてしまった。

このままでは転倒してしまう。

俺は鍛え上げた筋力をフルに使い、転びかけたアリエルをお姫様抱っこした。

「な、な、なんのつもりなのよ!?　私はあなたの敵！　決闘の相手！　わかってるの!?」

「せっかく助けたのに言うことがそれなのか？」

おかしいな、俺の中の常識では違うのだが……。

うーむ、賢者の実の影響なのだろうか。

「そ、そうよね……。あ、ありがと。助かったわ」

なぜか、アリエルの顔は真っ赤に染まっていた。

どこか打ったとかではなさそうだが……ちょっと心配になるな。

「うん、どういたしまして」

言いながら、アリエルを下ろした。

アリエルはその場で床にへたり込み、もはや戦意喪失《せんいそうしつ》したような様子だった。

「アレン・アルステイン……規格外すぎるわ。私の負けよ。ここまで力の差があるんじゃ、悔《くや》しさすら湧いてこないわ」

「そうか。でも俺はそこまで大きな差でもないと思うけどな」

俺だって本気で修行を始めてからたったの二週間。

アリエルだってこれまで頑張ってきただろうし、そこまで大きな違いはないと思うんだがな。

などと思っていると、アリエルはジト目を向けてくるのだった。

「お疲れ様でした、アレン。それとアリエルさんも」

決闘が終わるや否《いな》や、ルリアが俺たちの元までやってきた。

「えーと……？」

アリエルはさっきまで俺しか目に入っていなかったようで、ルリアの名前を覚えていないらしい。

俺とルリアの会話の中で何度か出ていたはずなのだが……まあ、意識しなければ名前なんて覚えられないよな。

「私、ルリア・イグニストです」

「ああ……確か次席《じせき》の。もう名前覚えてもらってるみたいだけど、一応……アリエル・スカイネスよ。私のことはアリエルでいいわ。私もルリアって呼ぶから」

「アリエル……ですね！　わかりました！」

ルリアは『さん』と付けようとして踏《ふ》みとどまったようだ。

俺のことはすぐに呼び捨てで呼んでいたのに、アリエルには他人行儀《たにんぎょうぎ》な感じなのはなんでなんだろうな？

いや、よく考えたら俺とルリアの時は一悶着《ひともんちゃく》があったが、この二人はまだ初対面なのだからそんなものか。

「それにしてもアレンのさっきの戦いすごかったです！　体術もさることながら、まさか魔法を封じ込めてしまうなんて……。こんな魔法があったのですね。それに、詠唱がなかったような……？」

そういえば、入学試験の時は離れたブロックにいたようで、ルリアは俺の魔法を初めて見たんだったな。

無詠唱魔法に驚かれるのは今更という感覚なのだが、少し新鮮な気分になる。

「そ、そうよね。さっきの無詠唱の魔法……いったいどうやってたの……!?」

まあ、驚くのも無理はない。

一流の魔法師を目指す者なら、一度は考えたことはあるはずだ。

この詠唱さえなければもっと早く魔法を発動できるようになるのにと。

だが、この世界のこの時代は詠唱魔法が基本であり、無詠唱魔法は実現不可能といわれてきた。

オーガスが詠唱の短縮をしているようなので、詠唱の省略は否定されないものの、人類の限界はそこまでだと思われている。

俺には、前世の魔法が存在しない世界の記憶があるのだが、その世界の感覚でいう魔法や錬金術といったものがこの世界の無詠唱魔法に当たるのだ。

「ちょっとしたコツがあるんだよ。ちょっと練習すれば誰でもできると思うぞ。もちろん、アリエルとルリアでもな」

客観的に見れば『賢者の実』を食べたことにより簡単に無詠唱魔法を会得《えとく》したように思えるかもしれないが、これは『賢者の知恵』によりかなり深い魔法理論を理解したことで使えるようになったものだ。

センスは必要だが、決して俺だけが使えるものじゃないし、訓練次第では再現性が十分にあると思う。

王国一の学院の主席と次席ならすぐに使えるようになるだろう。

俺は思ったままのことを口にしたにすぎないのだが――

「ア、アレンみたいなことが練習するだけで私たちにもできるのですか……!?」

「ちょ、ちょっとそれ詳しく聞かせて！」

俺が思っていたよりも食いつきが良かった。

「う～ん、この場ですぐに理解はできないと思うんだが……簡単に言えば、一般に知られているよりも深く魔法を勉強して、考える練習をするだけで誰でも使えるようになるんだ。魔法が使える人間ならな」

この世界には魔法が使える者と使えない者が存在する。

誰にでも『魔力』は生まれつき備わっているが、先天的に魔力回路が活性化されていなければ、いわゆる六属性の魔法を使うことはできないのだ。

アステリア魔法学院への入学が許可されたこの二人は当然魔法の才能があるので、この問題は既に突破している。

そういう意味で二人でもコツさえ掴めれば使えるのだ。

「な、なるほど……？」

「そりゃそう簡単に無詠唱魔法は使えないわよね……。相応の努力は必要よね」

「二人は無詠唱魔法が使えるようになりたいのか？　覚えたいっていうことなら、俺が教えるぞ」

「「……っ!?」」

何を驚いているんだろう？

俺は、この技術を手に入れた当初から独り占めするつもりはなかった。

確かに誰にも教えなければ、研鑽《けんさん》を重ねることでいずれ世界最強の魔法師の座は揺るがないものになっただろう。

常識を失ってしまった俺でも、そのくらいのことはわかる。

でも、ややコツがいるとはいえ習得にそれほどの時間がかからないこの技術が俺にしか使えないのは、本当に大丈夫か？　と不安を覚えたのだ。

『賢者の知恵』は、魔法理論だけじゃなくこの世界の歴史までもを俺に与えてくれた。

数千、数万年の昔――神話の時代には無詠唱魔法が一般的であり、その力を以って伝説上の存在である魔人や魔族の襲来、天変地異《てんぺんちい》など数々の災厄《さいやく》を退けてきたとされている。

もちろん文献《ぶんけん》があるわけじゃないから、真偽不明《しんぎふめい》のものをそっくりそのまま信じるのは危険かもしれない。とはいえ、可能性としては考慮すべきことだ。

災厄が訪れた時、俺一人しか無詠唱魔法を使えなかったらどうなる？

どうにもならない事態が訪れるかもしれない。

というか、世界の命運を俺が握らなければならない――なんてことは御免《ごめん》だ。

なるべく変な責任を持ちたくない。

そのような最悪なシナリオが起こらないようにするため、今のうちに広めておいた方が長い目で見れば利益が大きいんじゃないか？

その上で、俺は『努力』なら誰にも負けない自信がある。

この技術を教えてしまったとしても、誰よりも努力すれば世界最強の魔法師にだってなれるはずだ。

「ぜ、ぜひ教えてもらいたいわ。……そ、それで対価はなんなの……？」

アリエルが不安そうに俺を見つめてきた。

「対価？　そんなもの取るつもりはないけど……？」

「そ、そんな……タダで世界がひっくり返るようなことを教えるなんて……怪しいを通り越してあなた大丈夫!?」

「そんな大それたものじゃないからな」

まあ、常識がないと言われればその通りなのでなんとも言えないのだが……。

「いえ、さすがになんの狙いもないなんてことはないはず……ということは、求めているのはお金じゃないということよね……」

何やらぶつぶつ呟くアリエル。

俺はそういう面倒臭い言葉の裏をかくようなことはしないんだがな。

「アレンの狙いはわからない。だけど、この話……乗らないわけにはいかないわ」

「わ、私もお願いします……！」

いまだに俺を疑った様子のアリエル。

対照的に俺の言葉をそのまま受け取ったルリア。

二人ともやる気は十分そうだ。

「任せておけ」

俺は、そう返事した。

◇

第二校庭での決闘を終えた俺たちは、他の合格者たちとは遅れて入学資料を受け取りに来た。

受け取るのは入学案内と制服、教科書、その他諸々のものがセットになった大きな袋。

職員が一人ずつ手渡ししているようだった。

さすがは王立の学院というべきか、全て無償《むしょう》で支給されるようだ。

「ありがとう」

俺たちは一人ずつ袋を受け取った。

これで終わりかと思っていたのだが、職員からとある件の説明があった。

「改めて合格おめでとうございます。学院寮に関してなのですが……」

アステリア魔法学院は、全寮制の魔法学院だ。

そのうち学院寮に関しての案内があることはわかっていたが、まさか合格発表と同時とはな……。

「アステリア魔法学院の学院寮は三人部屋が基本になっています。基本的には同じ年度の入学生からランダムで組み合わせますが、現時点でご希望がありお互いが合意でしたら、優先的に組み合わせることもできます」

「つまり、ルームメイトを自由に選べるってことか」

「はい、その通りです」

なるほど、誰と同じ部屋になるかわからないので少し不安だったが、これは好都合だな。

「よし、じゃあ俺――アレン・アルステインとルリア・イグニスト、それとアリエル・スカイルネスを一緒の部屋にしてくれ」

俺は当然だとばかりに言ってみたのだが――

「ちょ、ちょっと!?　はあ!?　お、同じ部屋なんてそんなのありえないわよ!?」

「そ、そうですよ!?　アレン、学院寮は男女で一緒になれないんです！」

「え、そうなのか？」

まさか、学院寮が男女一緒じゃダメだとは思わなかった。

これも常識を失ったせいか……。

「いいえ、男女ご一緒でも大丈夫ですよ？　あまり選ぶ方はいらっしゃいませんが……」

と思ったら、学院の職員さんはこう言ってくれた。

「あ、いいんだ！」

「「えええええええ!?」」

ルリアとアリエルの二人は、同時に叫んだ。

まさかこんな返事が返ってくるとは思っていなかったらしい。

「二人にアレを教えるなら、同室の方が都合がいいと思ったんだが……どうする？」

アレというのは、もちろん無詠唱魔法のことだ。

今の時点で俺が無詠唱魔法を教えるという噂が広がっても教えるノウハウが確立していないので、

しばらくは極秘《ごくひ》でいこうと思う。

だから隠語《いんご》のような形になってしまった。

「なるほど、アレンはそこまで考えていたのですね……！」

「た、確かにそれは一理あるわね……」

それ以外に何があるというのだろうか？

今の時点で自然に話せる関係だというのもやりやすいとは思うが、初対面の人だとしても毎日一緒に生活してたらそれなりに仲良くなれる。

ほぼこれだけの理由だった。

「それなら、私も希望します！」

「わ、私も希望するわ！」

どうやら、二人も納得したようだ。

「それでは、そのように手続きさせていただきますね。本当は今日抽選を行い、明日から部屋に入ってもらう予定だったのですが、三人ご一緒ならこの場で鍵《かぎ》をお渡ししますね」

こうして、俺とルリアとアリエルの同棲《どうせい》生活が確定したのだった。

◇

学院寮の入居手続きを終えた後、俺たちは一度宿に荷物を取りに戻ってから部屋にやってきた。

三人で部屋を共有するということで手狭になるかと心配だったのだが、思っていたよりも快適そうだった。

一五畳ほどの洋室。

俺たちが入る前にリフォームされているのか、新築同様の綺麗さだった。

シングルベッドが三台とキッチンスペース、バス・トイレ別のユニットバスが完備され、これが無料で利用できると考えると破格《はかく》の待遇《たいぐう》だ。

ここの学院生には、将来的にこれだけの投資《とうし》をしても余りある価値があると期待されているのだろう。

「わーっ！　そこそこいいお部屋ですね！　実家に比べるとちょっと狭いのが気になりますけど……！」

「学院生時代は修行みたいなものだもの。仕方がないわ」

感動している俺とは対照的に、ルリアとアリエルの二人は少しだけ不満があるようだった。

そういえば、ルリアは子爵家の娘であり、アリエルは侯爵家の娘。

貴族の令嬢《れいじょう》ともなれば、いい暮らしをしていただろうから比較すると環境はやや劣ってしまうのかもしれない。

俺もちょっと前までは貴族だったとはいえ、実家の俺の部屋は離れにある豚小屋のような場所だった。ちゃんとした部屋というだけでありがたいのだが……ちょっとこれは特殊だったのかもしれないな。

兄ユリウスはそれなりに良い部屋を用意してもらっていたみたいだし……。

「荷物はこの収納スペースに入れておくのが良さそうですね。ちょうど三人分あるみたいです」

クローゼットは上に洋服を掛けられるようになっており、下は三つの仕切りが設けられている一般的なものだった。

「ルリアはどこにするの？」

「う～ん、一番左でいいですか？」

「ええ。じゃあ私は真ん中で。アレンは右でいい？」

「俺はどこでも」

平和的に個人割り当てが完了し、ルリアとアリエルが荷物を詰めていく。

「あれ？　そういえばアレンは荷物を取りに戻ってないのですか？」

大荷物の二人と比較して、俺は手ぶらだったので、違和感を覚えたのだろう。

「まあもともと荷物が少なかったからな」

約二週間前に実家を追い出された時には、荷物らしい荷物はなかった。

それから多少生活に必要なものを購入して持ち物が増えたが、もともとそれほど多くない。

しかし多少はあるので、取り出しておこうか。

俺は異空間収納魔法『アイテムスロット』を使う。

右手の先に幾何学模様の魔法陣が出現し、異空間と繋がる。

そこから生活用品を取り出して、クローゼットに詰める。

「な、な、な、なんですかそれ!?」

「ちょ、ちょっと……！　無詠唱魔法にはもう驚かないとしてもこれは初めて見たわよ!?」

どういうわけか、二人とも驚いているようだった。

「うん？　アイテムスロットだけど？」

そういえば、まだ二人には説明していなかったな。

確かにこれも無詠唱魔法と同じく、今の時代には一般的に知られている魔法じゃないので、こういう反応になるのも自然なのかもしれない。

「は、初めて聞きました……！　それってどういう魔法なんですか……？」

「見た目の通りだよ。異空間の入り口を開けて、物を入れたり出したりできるんだ。アイテムスロットの中に入れておけば時間が固定されて食べ物が腐らなかったり、壊れやすいものでも形を維持して持ち運べる。重いものを運ぶのにも重宝するぞ」

「す、すごい魔法ですね……！」

「まったく、アレンには驚くことばかりだわ。まだ何か隠してるんじゃないかしら？」

「い、いやそんな大したことじゃないし……べつに隠してることは何もないぞ!?」

やれやれ。

まさかアイテムスロットを使ったくらいでここまで驚かれるとは思わなかったな。

無詠唱魔法と比べれば、かなり地味な気がするんだけど。

「まあこれも知りたかったら無詠唱魔法を教えるついでに教えるよ」

「その魔法も私たちにも使えるものなのですか……？」

「これは無詠唱魔法を覚えてからじゃないと習得がかなり難しいんだ。でも、無詠唱魔法を覚えられたらルリアとアリエルも問題なく使えるはずだぞ」

「こ、こんなとんでもない魔法が私にも……」

ルリアもアリエルも大袈裟《おおげさ》すぎないか？

ただ物を収納するだけの魔法だぞ……？

「こんなの、例えば戦争で使えば大量の兵器を詰め込んで相手に悟られずに撃てるじゃない……？」

「ああ、そういう使い方もできるのか」

アリエルの言う通り、この性質自体は地味なものだが、使い方によってはかなり活躍しそうだ。

それと同時に、広まりすぎると危険なのかもしれない。

ルリアとアリエルは俺の目から見て悪い人間じゃないから大丈夫だとは思うが、教える相手は選んだ方が良さそうだな。

「まあ、ともかく無詠唱魔法を覚えないことには話にならないからな。明日から早速修行してもらうぞ。俺の指導は厳しいが、ついてこられるか？」

アステリア魔法学院の入学式は今から約二週間後。

俺とは違い賢者の実なしで覚えさせなければならないため、やや時間はかかるのだが、入学までに基本くらいは押さえておきたい。

「ええ、心配はいらないわ」

「わ、私も頑張ります……！」

◇

食事は学院寮内にある食堂で購入するか、材料を買ってきて部屋に備え付けのキッチンで調理して自分たちで用意するのが基本になっている。

基本……というのは朝から夕方までは学院の外に出ることもできるが、門限があるため現実的には学院寮で済ませてしまうことが多いという意味だ。

ルリアとアリエルはせっかくキッチンがあるのだからと料理をしようとしていたが、今日は引っ越しでバタバタしていたのと、明日からは修行で忙しくなるのでまたの機会に……ということになった。

明日の朝は早いので、早めに寝ることになり、二二時頃には消灯《しょうとう》した。

そこまでは良かった――

「………眠れない」

今、俺はベッドの上でルリアとアリエルに挟まれた形になっているのだ。

二人は眠っているので無意識なのだろうが、左腕をアリエルに、右腕をルリアに掴まれている格好。

温かい肌の温度が伝わってくる。

なぜこうなったのかと言えば――

実は、寝る直前にアリエルがベッドの上で水を溢《こぼ》してしまい、乾くまで使えなくなってしまったのだ。

しかし床の上で眠るのでは十分に疲れが取れないし、かといって乾くまで待っていると睡眠時間が短くなってしまう。

苦肉《くにく》の策で、俺とルリアが使うベッドを二つ横並びにして、二つのベッドを三人で使うことにしたのだ。

そこで問題になるのは、どういう並びでベッドを使うかだった。

「ほ、本当は未婚の男女が同じベッドで眠るというのは良くないことだけれど、これは私が原因なんだから、私がアレンの隣にするわ」

さすがに常識を失っている俺でも同じベッドで男女が一緒に寝るのが良くないというのは理解できた。

しかし、三人で二つのベッドを使うということは、どんな並びにしてもルリアとアリエルのどちらかは俺の隣になってしまう。

もちろん俺は変なことをするつもりはないし、アリエルも俺のことを特には警戒していない。

ルリアのことを想って出てきた言葉なのだろう。

少なくとも俺はそう理解している。

しかしルリアの反応は耳を疑うものだった。

「なっ、アリエルそれはズルいですよ！」

「……え？」

「アレンのことを独り占めしようとするなんて……私がアレンの隣に行きたいです！」

なぜか、ルリアは俺の隣で眠れることを喜んでいるようだったのだ。

その理由はよくわからないが……。

「まあ、ルリアがそう言うならそれでいいんじゃないか？」

「……ダメよ」

「え？」

おかしいな。

アリエルはルリアの気持ちを汲《く》んで提案したはず。

ルリアが喜んで俺の隣に来るというのなら、止める理由はないはずなのだが……。

「私がアレンの隣をもらうわ。ルリアがその気なら……私も負けていられないわ」

「アリエルは物わかりが悪いですね……」

……え？

なんでこんなバッチバチの展開になっちゃったんだ？

意味がわからない……。

「えーと、二人とも俺の隣が希望ってことなのか……？」

「ええ、そうよ」

「そうです」

同時に答える二人。

「……なら、いっそのこと俺が真ん中ならそれで解決なんじゃないか？」

——と、このような流れで頓珍漢《とんちんかん》なことになってしまった。

吐息が聞こえてくる。

変なことをする気がない俺だが、さすがにちょっとドキドキする。

ルリアとアリエルのパジャマはどちらも薄手な感じで、暗がりに目が慣れてくると目のやり場に困るのも相まってなかなかきつい状況だ。

「んん……ん」

ルリアが寝返りをうったタイミングで、俺に抱きついてくる。

豊満な胸が顔に当たり、ちょっと息苦しい。

な、なんだと……!?

ど、どうすればいいんだ!?

同時に、ルリアの体温がさっきより温かくなった気がする。

変な夢でも見てるのか？

「んんん……」

少し遅れて、アリエルまでルリアと同じように俺に抱きついてきた。

こっちもかなり胸が大きいため、相当圧迫感を感じる。

アリエルの体温もさっきより温かくなっているように感じる。

二人とも少し呼吸が荒い。

暗くてよく見えないが、顔も少し赤くなっているような気がする。

それにしても二人がほぼ同時に寝返りで抱きつくなんてことあるのか……？

いや、現実に起こっているのだから疑う余地はないか。

役得なんて喜んでる場合じゃなくこの状況はちょっとまずい。

しかし、しっかり寝ろと言った俺が二人を起こすのもあれだしな……。

ここは俺が耐えるとしよう。

頑張れ、俺。

◇

翌朝。

地獄なのか天国なのかよくわからない夜を乗り越えた俺は、なんとか今日を迎えることができた。

パジャマから運動用の服に着替え、朝食を食べた後に寮を出た。

「アレン、なんか疲れてませんか……？」

「そうね。眠れなかったのかしら」

「まあ、新しい環境だったからな……」

馬鹿正直になぜあまり眠れなかったのか説明するのもアレなので、こんな感じで誤魔化《ごまか》しておくとしよう……。

万全とは言えないが、今日は俺自身を追い込む修行ではなく、二人に無詠唱魔法を教えるための修行。

なんとかなるだろう。

入学案内の資料を確認したところ、昨日アリエルが言っていた通り授業で使っていない間は自由に学院の施設を使っていいらしい。

ということで、第一校庭にやってきた。

第一校庭は入学試験の際に実技試験が行われた場所であり、王都の外のフィールドを再現したような造りになっている。

「じゃあ、まずは第一校庭の周りをランニング一〇周な」

昨日のうちに考えておいた修行のメニューを発表した。

「ええ!?」

「ほ、本気で言ってるの!?」

あれ……？

なんか思ってた反応と違うな？

俺はてっきり、一〇周なら楽勝くらいの答えが返ってくるかと思っていたのだが。

「第一校庭って、一周五〇〇メートルはあるわよ……？　一〇周ってことは五キロだし……しかもこれで終わらなさそうな言い方よね？」

「その通りだ。これは無詠唱魔法の修行というよりかは、その前段階としての魔力量の増強を目的にしている」

「魔力量……ですか？」

ルリアが困惑した様子で聞き返してきた。

アリエルも言葉にはしていないが、似たような反応。

「無詠唱魔法を使えるようになっただけではすぐにスタミナ切れを起こすからな……。魔力量の伸ばし方は色々あるが、身体能力を上げることで魔力量も伸ばす手法をまずはやってみようって話だ」

「生命力を増やすのではなくて、魔力量の話ですよね……？」

「一般的には身体的な鍛錬は生命力を伸ばすためだけにやりがちだが、実は魔力量も増えるんだぞ」

「そ、そうだったのですか!?」

「初耳だわ……。魔力量って、魔力が回復する時に少し増えるだけだと思っていたわ」

「魔力消費からの回復による総量増加も狙うが、それと同時にって感じだな」

なぜか、現代の魔法師は技術の向上のみを目指している。

もちろん魔力量を増やそうという思想自体はあるのだが、間違った情報ばかりで正しい修行方法というのはあまり知られていない。

その結果、肉体自体の鍛錬で魔力量が増えることはないと信じられている。

アリエルが言ったように魔力は筋肉のように消費し、回復する時にも微増する。

しかし今は魔力量自体が少ないのだから、それでは成長スピードに限界がある。

「とはいっても、あまりに無理をしすぎるのは逆効果だ。五キロならキツすぎず楽すぎず、ちょうどいい塩梅《あんばい》だと思ったんだが……無理そうか？」

「いいえ、そういうことなら頑張ります！　アレンはそこまで考えていたのですね！　さすがです！」

「ちょっとびっくりしたけど、アレンほどになるのが楽なわけないわよね。もちろんやるわ」

「そうか、それなら良かった」

二人が納得したところで、五キロのランニングがスタート。

約三〇分ほどで全員終えられた。

不慣れな二人と同じペースで走っていたから俺は全然疲れていないのだが、二人は——

「はあ、はあ……し、しんどかったです……」

「五キロ……ちょっと舐《な》めてたかもしれないわ……」

このようにバテバテだった。

「そ、それにしてもアレンはすごいですね……！　全然息も切れてないなんて！」

「慣れたらこんなもんだよ。ほら、二人ともこれ飲んで」

俺はアイテムスロットから小瓶《こびん》を三つ取り出し、そのうち二つを二人にそれぞれ手渡す。

瓶に入っているのは、薄茶色の液体。

「こ、これはなんですか……？」

「ん？　知らないのか？　プロテインっていうんだが」

「ぷろていん……？　私も知らないわ」

そうか、そういえばこの世界にはないものだったな。

あまりに日常に溶け込みすぎていたので、みんな知っているものだとばかり思い込んでいた。

「肉や魚からタンパク質だけを取り出して水に溶かしたものなんだ。これを飲むと修行の効率が飛躍的に良くなる」

「な、なるほど……！　そうなのですね！」

「まるで魔法の飲み物ね……。こんなものがこの世にあったなんて……」

そんなことを言いながら、二人はプロテインをごくごくと飲んでいく。

俺もグイッと飲んだ。

「冷たくて美味しいです！」

「味には期待してなかったけど、美味しい……！　まるでバナナみたいな……！」

「もともとの味はちょっとアレだけど、ちょっと工夫してるからな。口に合ったようで良かったよ」

プロテイン作りのためだけにいくつか魔法を作った。

味がちょっとアレだったので、いい感じの風味付けができる魔法を開発したのが良かったみたいだ。

「さて、そろそろ無詠唱魔法の練習に入ろうか」

俺は空になった容器を二人から回収してアイテムスロットに収納した後、説明を始めた。

「今日は初級魔法『火球』を使えるようになるところまでが目標だ。具体的な方法なんだが……まずはそうだな、ルリア、詠唱魔法をここでやってもらっていいか？」

「『火球』を詠唱魔法で……ということですよね？」

「その通りだ」

「わかりました！」

ルリアは入学試験の時に使ったカカシの方に右手を伸ばす。

そして、詠唱を始めた。

「神より賜りし我が魔力、魔法となって顕現せよ。出でよ『火球』――!!」

ルリアが可愛《かわい》いからまだ様になっているが、やはり詠唱魔法は何度見ても中二臭いな……。

真っ赤な火の球が出現し、真っ直《す》ぐ飛んでいく。

ドオオオオン!!

カカシに着弾し、爆発が起こった。

数値が表示される。

威力：358

ふむ、確か俺の一つ前の受験生が威力192で褒められていた。

192ですごいということは、ルリアのこれは一般的には凄《すさ》まじいのだろう。

「実演ありがとう。詠唱魔法で魔法使う時、体内の魔力はどんな動きをしてる？」

「魔力の動き……ですか？　何かが動いているのはわかりますが、正確にどういう風に動いているか感じ取るところまでは……」

アリエルも頷《うなず》いているので、同様の感覚なのだろう。

「なるほど、いやちょっとでも掴めているようなら話は早い」

「……？」

ルリアは俺の言葉の意味がまだよくわからないようだ。

アリエルもピンとこない顔をしている。

「魔力の動きがわかったらどうなるの？」

「無詠唱魔法っていうのは、魔力の動きを意図的にコントロールするってのが最重要ポイントなんだ。だからこれが理解できればすぐに使えるようになる」

「そういうことね。でも、意図的にコントロールするなんて……」

確かに、すぐに使いこなすのは難しい。

しかし今日は最も簡単な無詠唱魔法を使えるようになるのが目標。

そのくらいなら、今がこの状態でもなんとかなる。

「魔力の動きに集中して何度も魔法を撃つうちに自然と身体が覚えるようになるぞ。ただ……」

「ただ……？」

「ただ……なんでしょう？」

「早くても一年はかかるな」

俺は『賢者の実』により一瞬で理解することができたが、これを普通に理解しようと思えばこのくらいの年月はかかるだろう。

実際にやってみたわけじゃないので、センスの良い人間ならもっと早く理解できる可能性はあるが、おおよそこんなものだろう。

「そ、そんなにかかるんですね……」

「でも、一年で使えるようになるなら全然……というか、すぐに習得できるなんて、そんな都合がいいことがあるはずないわよね」

「いやまあ、それがあるにはあるんだ」

「「!?」」

二人は顔を見合わせ、驚いた表情で俺を見た。

「さっき言ったのは『普通』に理解する方法の最短だけど、これは時短することもできるんだ」

二人がゴクリと固唾《かたず》を呑む音が聞こえた気がする。

「その方法なんだが……魔力の口移しだ」

「く、口移しですか……!?」

「つ、つまりアレンとキ、キ、キ、キスしろってこと!?」

「そうだ」

何を驚く必要があるんだろうな？

「俺の魔力に『二人が魔力の動きを知覚することができるようになる魔法』を書き込み、それを口移しすることで吸収させ、体内で魔法を発動する。……そうすることですぐにでも無詠唱魔法の基礎くらいは使えるようになるぞ」

「で、でも……口移し以外はできないんですか……？」

「それは無理だ。体内に悪影響を及ぼさないほどに小規模な魔法だから、粘膜《ねんまく》に直接入れないことにはすぐに書き込んだ魔法がダメになってしまう。もちろん唇以外の粘膜でもできるんだが……手っ取り早く一番都合がいいだろ？」

「そうですね！　ちょっと驚きましたけど、アレンなら私全然大丈夫です！」

「まあ、アレンなら私も許せるかも……」

二人の合意も取れたところで俺は一人ずつ唇を合わせて、俺の魔力を注ぎ込む。

俺の魔力が吸収されたところで、魔法を発動。

二人はハッと目を見開いた。

「わ、わかります……！　魔力の動きがハッキリと……！」

「ま、まるで別世界だわ……。第六の知覚……ってところかしら」

第六の知覚……なかなかいい表現だな。

俺もそんな気がする。

視覚・味覚・嗅覚・痛覚・触覚……これに加えて、魔覚とでも名付ければ理解しやすいか？

「これが理解できた上で、詠唱魔法を使えばどんな風に魔力が流れているのかわかるはずだ。詠唱っていうのは単なる魔力を流す合言葉にすぎない。自分の意思で魔力を流しても同じ結果になるはずだ」

俺の言葉を聞いた後すぐに二人が実践《じっせん》する。

「わかった気がします！」

ルリアがそう宣言し、無言でさっきのカカシに右手を向ける。

そして、詠唱することなく――

ドオオオオン!!

と、詠唱していた時と同様の火球が繰り出された。

数値が表示される。

威力：358

「で、でも威力はアレンのようにはいかないみたいです……」

結果を見て肩を落とすルリア。

「そりゃあまったく同じ魔法式ならそうなるだろう。でも、無詠唱魔法なら自由に魔法式を書き換えられる。少ない魔力でより強い攻撃にすることもできるはずだ。これから研究していけばいい」

「そ、そうなんですね！」

ルリアの表情がパッと明るくなった。

「私もできたわ。こんなに短期間で無詠唱魔法が……信じられないわ。アレンの指導力もすごすぎるわ……！」

アリエルが攻撃したカカシにも、ルリアとほぼ同じくらいのスコアが表示されていた。

「いや、俺がやったのは魔力の動きを理解させるところまでだ。これを正確に再現するにはちょっと時間がかかってもいいはずなんだが……ルリアもアリエルも大分センスがいいと思うぞ」

「そ、そうなの……？」

「アレンに褒められて嬉しいです！」

まだよく理解していないようだが、俺の予想を大幅に上回っている。

この調子ならすぐに初級魔法はマスターし、中級魔法にとりかかれるだろう。

入学までに上級魔法もいけちゃうかもしれないな。

これから、忙しくなりそうだ。

「よし、じゃあ今日は日が暮れるまで覚えたことを復習しよう。魔法の修行は積み重ねが大事だからな。……まあ、魔法に限らないが」

「わ、わかりました！」

「ええ、望むところよ」

こうして、日々が過ぎていき、あっという間に二週間が経《た》ったのだった。

◇

厳しい修行の末、ルリアとアリエルはかなり無詠唱魔法の腕を上げた。

今では中級魔法をほぼ完璧にマスターし、初級魔法に関してはアレンジもできるようになっている。

アレンジというのは、使うべきところではない部分の消費魔力を削減することで魔力消費を抑えたり、逆に使うべきところで集中的に魔力を消費することで威力を上げたり。……これができれば、無詠唱魔法の旨味《うまみ》を享受《きょうじゅ》できているといえる。

上級魔法に関しても時間をかければなんとかなるというところまでは来ていた。実戦では使い物にならないが、これも時間の問題だろう。

この二週間は時の流れがあっという間に感じた。

時間を気にできないほど忙しかったというのもそうだが、ものすごく楽しかったのだ。

実家にいた頃は成果の出ない修行の日々であり、同居していた父レイモンドや兄ユリウスからは「初級魔法しか使えない無能」だと言われ、ぞんざいな扱いを受けていた。

それがないだけでストレスが少なく、本当に充実している。

これが『普通』のことなのかもしれないが、『普通』の幸せを噛み締めざるをえない。

明日はアステリア魔法学院の入学式。

学院寮のベッドをソファー代わりにして座りながら、入学案内の資料を確認しつつ二週間の思い出に耽《ふけ》っていると――

「アレン」

突然ルリアに横から声をかけられた。

「ん？」

「そろそろご飯なのでテーブルに来てくださいね」

「ああ、すまん。ありがとう」

そう、今日はルリアとアリエルが手作りの夕食を作ってくれていたのだ。

いい香りがする。

二週間の修行中は学院寮の食堂に通っていた。

しかし入学前日の今日は特別だということで部屋でご飯を食べようという話になったのだ。

三人掛けの丸テーブルに座る。

左にルリア、右にアリエル。

丸テーブルなので全員が隣り合わせだ。

食卓には、湯気《ゆげ》が立った美味しそうな料理が並んでいた。

ロールキャベツのスープ、あさりとトマトのスパゲティ、白身魚のフライ、スモークチキン。

どれも手間がかなりかかっていそうだ。

俺は待っていただけだが、二人はかなり頑張っていた。

「めちゃくちゃ美味しそうだな。これならやっぱり俺も何か手伝った方が良かったんじゃないか？」

「アレンへのお礼も込めてるんですから、ダメですよ！」

「ええ。それにアレンのことだから料理の腕もすごそうだし？　手伝うとか言いつつ仕事全部取られちゃいそうだもの」

「いやいやいや、料理の腕は普通だぞ⁉」

実は俺も手伝うと言ってみたのだが、調理前もこんな感じで俺は何もせずに待っていろと言われてしまったのだ。

修行のお礼の意図はともかくとして、料理の腕は本当に普通だと思うんだがな……。

実家にいた頃は家事全般をやっていて、魔法が上達してからは料理と魔法のプロセスが似ていることから多少は上手《うま》くなっているんじゃないかという自信はあるが……あくまで普通の範疇《はんちゅう》でしかない。

「アレンが普通だと言って普通だったことが今まであったでしょうか」

「いえ、ないわ」

「お前ら仲良いな……⁉　……じゃなくて、普通にあるだろ⁉」

ルリアとアリエルは俺のことをなんだと思ってるんだ……？

「まあまあ、そんなことはともかく食べましょう！　冷めちゃいますよ！」

「お、そうだな」

順番に一品ずつ食べていく。

ロールキャベツのスープ、あさりとトマトのスパゲティ、白身魚のフライ、スモークチキン。

「どれも美味いな！」

絶望的に食レポのセンスがなさすぎて小学生並みの感想しか出てこないのだが、本当に美味しい。

というか、漫画やアニメではキャラクターがスラスラと素晴らしい食レポをしていたが、普通の一般人がいきなりそんなことできるわけないよな。

あれは特殊訓練が必要だと思う。

よって俺は悪くない。

誰に言われているわけでもないツッコミを論破《ろんぱ》しつつ食事を楽しんだ。

「それは良かったです～！」

「作った甲斐《かい》があったわね」

二人は美味しく作れているか不安だったのだろう。俺が美味しいと言うと、どこか安堵《あんど》した表情になったのだった。

「そういえば、時間割ってどうなるんだろうな？」

「う～ん、今のところは何もわからないですね」

「噂レベルでしか聞いたことないけれど、忙しいとは聞くわね」

「明日にならないとわからないじゃないか」

この二週間やってきた修行は継続してこそ大きな力になる。

王国一の名門魔法学院ともなれば、ある程度忙しいことは覚悟しているが、どうなるか……。

まあ、幸い学院寮が同室になったので、なんとでもなるか。

夕食は修行の日々を思い返したり、入学後の展望を語り合った。

こうして食事が終わり、目蓋《まぶた》が重くなった。

そろそろ眠ろうかと歯を磨《みが》いてベッドに向かったその時だった。

「アレン、私素晴らしい閃《ひらめ》きをしてしまいました！」

「うん？」

「この部屋、ちょっと狭いじゃないですか」

「そうでもないと思うぞ」

三人で共用とはいえ、十分余裕のある造りになっていると思う。

少なくとも俺が借りていた安宿よりは一人当たりが使えるスペースは広いだろう。

「狭いのですが……こんな感じでベッドを詰めればすごく広くなるんです！」

「え？　お、おう……」

ルリアはシングルベッド三台を連ねて、一台のベッドのようにしてしまった。

「ほら、ここにスペースができましたよ！」

「ルリア、ナイスアイデアね」

なぜかルリアを褒めるアリエル。

「いやしかしだな……これは初日の時のことじゃないが……ちょっと問題あるんじゃないか？」

「何が問題あるんですか？」

「いや、何とは言わないんだが……」

確かにベッド自体は独立しているので、一緒に眠るわけではない。

なのでダメなわけではないのだが……こう、なんとも言えない気持ちになる。

「二人は……嫌じゃないのか？」

「なぜですか？　こっちの方が、アレンと近くになれて……いいと思います！」

「そうね、アレンが真ん中で寝ればいいと思うわ」

「そ、そうなのか……？」

俺は混乱してしまったが、よく考えると俺には常識がないのだ。

ルリアとアリエルの方が正しいと考える方が自然だろう。

二人が自信を持って良いと言っているのだから、俺の方が間違っている可能性が高い。

「なるほど、そういうことならそうしてみようか。実際、部屋は広く使えそうだしな」

「そうですよね！　アレンさすがです！」

「部屋を広く使うためだものね。ええ、これは仕方がないことなのよ」

二人はどういうわけかウキウキなので、これでいいのだろう。

その後消灯し、俺たち三人は眠りについたのだが——

「な、なんか近くないか……？」

ベッドが独立しているというのに、なぜか二人は俺に密着しそうなくらい近くで横になっているのだ
「ええ？　これくらい普通ですよ？」

「そうそう、これが普通よ？」

「そ、そうか……普通なら問題ないな」

まさか、俺に常識がないのがバレて嘘の常識を教えられてるとか……そんなことはないよな？

「アレン、隣同士で寝るときはこう……胸を揉《も》んだりしてもいいのですよ」

なぜか顔を赤らめ、艶っぽく言うルリア。

「それはさすがに冗談だろ!?」

「……冗談です。バレましたか」

「……やれやれ」

まったく、油断も隙もないな。

俺の反応を面白がってちょっかいをかけてくるとは……。

完全に弄《もてあそ》ばれてしまっているな。
――そうこうしているうちに、いつの間にか俺は夢に落ちていた。

第四章　入学式

入学式当日。

俺たちは制服を着て、入学式が行われる講堂に向かっていた。

アリエルは入学試験一位――主席合格者ということで新入生代表挨拶があるというので、俺たちより先に到着している。

しかし、奇妙な違和感があった。

違和感……と言うにはハッキリしすぎているのかもしれないが……。

「俺だけ制服が違うようだな……」

他の男子生徒は、白を基調とした爽《さわ》やかなブレザーにパンツの格好だったが、俺だけが黒色の制服のようだった。

学年による差異があるのではなく、入学式が執り行われる講堂に向かっていく者たち全員が共通。

慣れた様子で学院を闊歩《かっぽ》する上級生たちも皆同じ制服を着ている。

合格発表日に制服を受け取り、学院寮に入った後、もちろん確認はした。

すぐにルリアとアリエルとは違う色だと気づいたが、男女の差によるものだと勝手に理解していたのだが……どうやら違ったようだ。

「おかしいですよね……。学院に連絡した方が良さそうです」

「そうだな。……でも、これは不手際で起こるようなものでもなさそうだが……」

肩にはアステリア魔法学院の校章――杖の模様が刻まれており、他の学院のものと間違えたわけではない。

俺の制服一着だけを間違えたというよりは、俺の制服だけが特別製だと考えた方がしっくりくる。

とはいえ、そんなことをする合理的理由もないのでやはり結論は出ないのだが。

「入学式の受付はこちらです」

講堂の前で、上級生と思しき二人組の男子生徒が新入生を案内してくれているようだった。

どうやら、ここで新入生の出欠確認をしているらしい。

俺とルリアは受付に歩いていく。

「ここで名前を名乗ればいいのか？」

「ああ。名前をこの紙に書いて――って、ふっ、黒い制服……『烙印』の名前はわざわざ書く必要ねえわ」

なぜか、初対面だというのに嘲笑《ちょうしょう》されてしまった。

烙印？　なんのことだ？

これがこの学院での常識なのか？　かなり不愉快《ふゆかい》だったのだが……。

「隣のお嬢さんはここに名前書いてね」

「え？　はい……」

ルリアもちょっとした違和感を覚えたような雰囲気《ふんいき》。

おかしいと思ったのは俺だけじゃなかったらしい。

ルリアが名前を書いて、上級生に手渡す。

「ルリア・イグニストね。君はどこでも空いてる席座っていいよ。横の烙印の男は立ち見な。席空いてても座るんじゃねーぞ！」

『烙印』というのは俺のことを指しているらしく、二人組の男は両方がニヤニヤと俺を見ていた。

「……は？　どういうことだ？」

「へへっ、烙印に席はねーって決まってんだよ！」

「そうそう、まあ新入生はまだ知らねえだろうがじきにわかるだろうよ」

立っていられないわけではないが、空いている席があっても座っちゃいけないっていうのはどういうことなんだ？

というか、普通は新入生の座席は人数分用意するものだろう。

意味がわからない。

「あ、あの！　それおかしいと思いますよ！　その冗談は面白くないです」

ルリアは、俺の言葉を代弁してくれた。

本気で怒っているようだ。

まだ出会ってからそれほど長いわけではないが、それでも二週間以上同じ屋根の下で過ごした俺が初めて見るルリアだった。

「うん？　なんだてめえ烙印のくせにこの可愛いお嬢ちゃんとデキてんのか？」

「いや……」

「へへっ、そうだよなあ！　んなわけねえよなあ！　黒い制服……それは庶民枠の雑魚……いや、ゴミを示している！　知ってるか？　その制服、通称『劣等烙印』って呼ばれてるんだぜ。へへ、烙印野郎にわざわざ教えてやるなんて俺優しい！　ねえルリアちゃん惚《ほ》れたでしょ？」

なるほど、この制服はそういうことだったのか。

確かに俺の名前は合格発表の際、【庶民枠】と書かれていた。

この黒い制服は、庶民を示すものだったとはな……。

こんなことを天下のアステリア魔法学院がやっていたことにまず驚くが……意図がよくわからないな。

他の合格者に対する当て馬ってことなのか？

全員を平等に教育するのではなく、一人は捨て駒《ごま》とし、他の生徒のガス抜きに使うとすれば、意図はわからなくもない。

しかしこれを考えたやつは人の心があるのか心配になるな。

「こ、こんなクズに惚れるわけないですから！」

デリカシーの欠片《かけら》もない男子生徒にビンタをしようとするルリア。

ガシッ。

だが、俺はその手を止めた。

「な、なぜですか!?」

「そんなことをしたら、ルリアの手が穢《けが》れる。……入学早々、問題を起こすべきじゃないだろう」

「そ、それはそうですね……」

「それに、俺のために怒ってくれるのはありがたいが、学院側の意思によるものが大きい。こいつらに何か言ったところでなんの意味もない」

「……」

俺の説得により、ルリアは手を下ろした。

「おいおいおいおい、黙って聞いてりゃ、誰が穢れてるだって……？」

「理解できなかったのか？　お前たち二人が穢れていると言ったんだが。頭が悪いようだな」

「こ、こいつ一年のくせに……それも烙印の分際《ぶんざい》で生意気《なまいき》なんだよ!!」

「ああ、先輩を侮辱《ぶじょく》したらどうなるか、思い知らせてやる！」

何かイラつかせるようなこと言ったかな？

だとしたらこんなやつとはいえ一応謝っておこう。

あまり面倒事を起こすのは好きじゃないからな。

「俺はどうも常識がないみたいでな。思ったことを素直に言ってしまう癖があるんだ。イラつかせてしまったようなら済まないな」

「ンだとゴラァァ！」

「こ、こいつ……もう謝っても勘弁しねえからな……！」

あれ？　なぜかわからないが、余計にイラつかせてしまったようだな。

「神より賜りし我が魔力、魔法となって顕現せよ。出でよ、炎の礫《つぶて》……『太陽の粒《サン・グレイン》』――!!」

「神より賜りし我が魔力、魔法となって顕現せよ。出でよ、我が大地の災厄……『血塗られた大地《ブラッディ・アース》』――!!」

上級生二人が魔法を詠唱した。

ちなみにどちらも上級魔法。

かなり殺傷《さっしょう》能力の高いものだ。

無論《むろん》、アリエルと決闘した時のように魔法の発動を止めることもできるが、今回はそうしないことにした。

単純に上級生の実力がどの程度なのか気になっていたのだ。

王国一の名門魔法学院。

ここで一年か二年かわからないが、学んだ結果どうなったのか――

『太陽の粒《サン・グレイン》』は、小石サイズの炎が降り注ぐ火属性魔法。

『血塗られた大地《ブラッディ・アース》』は空中から重い赤土《あかつち》が崖崩《がけくず》れのように落ちてくる地属性魔法。

同時に襲いかかってくる。

俺は魔力壁――魔力を実体化する手法で防御壁を展開し、前面と空からの攻撃に備えた。

ドガガガガガガガアアアアンンンンッッッッ!!!!

攻撃が衝突すると同時に、魔力壁に負荷がかかる。

石畳で舗装《ほそう》された学院の地面が粉砕し、砂埃が舞う。

「……っ」

……なるほど。

当たり前といえば当たり前なのだが、オーガスと比べればまったく大したことがないな……。

高度な魔法ではあるが、使いこなせていない。

詠唱魔法であっても、これなら中級魔法を極めた方が攻撃力が高く、安定性もあるものになるはずだ。

しかしだからといって魔法学院の指導が大したことがないとまでは言えない。

優れた魔法師は人格も優れていると聞いたことがある。

それが眉唾《まゆつば》ものでなければ、この二人は学院最底辺《さいていへん》の存在なのだろう。

最底辺でこれなら、十分健闘しているではないか。

「お、おい……やべえんじゃねえか？　こいつ烙印だろ？　死んだんじゃね？」

「あのなぁ、こいつが襲いかかってきたからやむなく反撃したってことにすりゃいいんだよ。新入生の烙印野郎と俺たち二年の学年ツートップ、どっちが信じるに値するかって話だろ？」

「おう、それもそうだな！」

こいつらがツートップってマジか……。

こうなると魔法師の実力と人格はまったく関係なさそうだな。

何やら二人が意味のわからない話をしていると、砂埃が落ち着いてきた。

「それで終わりなのか？」

「……なっ！」

「俺たちの攻撃をくらって怪我一つないだと!?」

二人とも本気で驚愕《きょうがく》しているようだった。

いったい何を驚く必要があるのかよくわからないが……。

「こ、この……もう一発！」

「ま、まて！　向こうを見ろ！」

「お前、何日和《ひよ》って……ああ!?」

二人が振り向いた先には、杖をついた人相の悪い老人がこちらを凝視していたのだった。

老人がこちらに歩いてくる。

「校庭以外での決闘は禁止されているはずじゃが？」

「学院長、こ、これはですね、烙印が襲いかかってきまして……」

「そうなんです！　俺は悪くないんです！」

この老人は学院長だったのか。

もうすぐ入学式が始まる時間なので、講堂に入るつもりだったのだろう。

わかりやすすぎる言い訳を披露《ひろう》する二人の上級生だったが――

「ふむ、この高威力の魔法を烙印が放ったのか」

「い、いえ！　それは違います！　烙印が攻撃してきたので、我々が反撃したのです。烙印ごときにこんなマネはできませんよ。ははっ」

「ということは、つまりこの烙印が悪いということじゃな？」

ギロっと俺を睨む学院長。

いや、なぜそうなる……？

「そうです、こいつが悪いです！」

「そう、こいつが悪い！」

いい加減な説明を続ける二人。

しかし、イラ立った様子のルリアが割って入った。

「私、一部始終《いちぶしじゅう》見てましたけどアレンは何もしてませんから！　この二人が一方的に攻撃してきたんです！」

「こ、このアマ……！」

「生意気言いやがって！　訂正《ていせい》しねえとタダじゃおかねえぞ!!」

ブチギレる二人とは対照的に、学院長は冷静を保っている。

しかし――

「ふむ、それが事実だとして……証拠は出せるのかの？」

「しょ、証拠って……！　第三者の私が見てたんですよ!?　これが証拠じゃないですか！」

「ワシはそうは思わんのう。例えばキミと、そこの烙印君が共謀《きょうぼう》して上級生を陥《おとし》れようとしている。

そうも見て取れるがの？」

学院長は気味の悪い笑みを浮かべた。

「そ、その通りです学院長！」

「俺たちこの二人に嵌《は》められかけたんですよ～！」

息をするように嘘を吐く二人。

さすがに学院長も真実はわかっているはずなのだが、どうしてこうも肩入れするんだ……？

「アレン・アルステイン。キミはただの下賤な庶民だったな？　失うもののある貴族と、失うものがないただの庶民。どちらが信用に値すると思うかね？」

「……そんなの同じだろ。貴族も庶民も変わらず嘘を吐く時は吐くし、本当のことも言う。それだけだ」

「こ、この小僧……」

学院長の顔に青筋《あおすじ》が浮かんだ。

その時だった。

「が、学院長！」

「なんだ、オーガスか。どうした？」

なんと、俺の実技試験を担当してくれていたオーガスがやってきたのだった。

「私、実は先ほどの騒動を遠くからでしたが一部始終見ておりまして」

「ふむ、それで？」

「先に手を出したのは上級生二人で、アレン君は防御に徹していただけでした」

「チッ。……そうか、報告ご苦労だったな」

どうやら、俺たちが暴れたという疑惑はオーガスのおかげで払拭《ふっしょく》されたようだった。

同時に、嘘を吐いていた上級生の二人の顔が青ざめる。

「……そこの二人、校庭以外の魔法の無断使用は校則違反だ。後で処分を言い渡す。覚悟しておけ」

渋々といった感じで、学院長はそう宣言した。

「なっ、話が違いますよ学院長!?」

「あんまりです！」

彼らの言葉は聞かずに、学院長は無言で講堂に入っていった。

話が違うって言うのはどういうことなんだ……？

まさかとは思うが、この二人が俺に攻撃を仕掛けてきたのは、学院長の命令だったってことなのか？

いや、それはさすがに考えすぎだな。

何はともあれ——

「助かったよ」

俺は、オーガスにお礼を言った。

オーガスがタイミングよく説明してくれなければ、入学早々に冤罪《えんざい》で校則違反になってしまっていたところだった。

オーガスは俺を見るなり悩ましげな表情になった。

「アレン、今回は俺が見ていたから良かったが……注意しておけ。こういうことが続くだろう。早めに立ち回りを覚えておけ」

「そうなのか。……わかった」

　さっきのように不可抗力《ふかこうりょく》の場合はどうすれば良かったのか疑問が残るが、なるべく相手を刺激しないように対応した方が良さそうだ。

　場合によっては相手の魔法使用を封じるのも有効だろう。

「あ、それでさっき烙印の席は用意されてないって聞いたんだけど、そうなのか？」

「そんなセコいことされてたのか……。それは俺がどうにかしておいてやる。気にせず席に着いておけ」

「ありがとう」

　俺はルリアと式場に入ることができた。

　トラブルはあったが、これで問題なく入学式を迎えられそうだ。

◇

　講堂に入ると、もう既にほとんどの学院生が席に着き、静かに入学式の開始を待っていた。

　階段状に席が並んでおり、自由に座っていく方式。

　前世の日本では入学式にせよ卒業式にせよ、式典ごとは音楽に合わせて行進して入場するという段取りになっていることが多いが、ここアステリア魔法学院はそうではないようだ。

さっきの上級生二人は『烙印』の席はないと言っていたが、普通に余っているな……。

さすがに最前列は残っていないが、後ろは空いている。

しかし二人横並びで座れる場所は……なさそうだな。

「最後列でもいいか？　前で見たいなら別れてもいいと思うが」

「いえ、アレンと隣がいいです！　前にこだわる理由もありませんし」

「ん？　そうか」

俺はどちらでも良かったのだが、ルリアは俺と隣がいいらしい。

確かに見知らぬ他人がいきなり隣になるのは緊張するのかもしれないな。

最後列の座席にルリアと横並びで座り、しばらく待っていると、入学式が始まった。

校歌を聞かされたり、上級生からのお祝いの言葉をもらったりと、順番に進行していく。

意外性などは特にないので、眠くなるばかりだ。

ルリアも俺と同じらしく、時々ガクッと身体を揺らしている。

いや俺はさすがに寝てはいないが。

「あ、アリエルですね！」

新入生代表の挨拶になり、ルリアが元気になった。

さすがに小声ではあるが、我慢できないらしく伝えてきた。

「あの様子なら大丈夫そうだな」

入学式の数日前から毎日寝る前に練習していたのを見ていた。

大勢の目の前でもさほど緊張していないようだし、練習量も十分。

心配は無用だろう。

五分後。

俺の予想通りアリエルは卒《そつ》なくこなし、挨拶を終えた。

ここまでは眠くなるほどに何事もなく進行していた。

いや何事もないのが当然なのだが……。

「次は学院長からお祝いの言葉です」

そうアナウンスされ、壇上に出てくる学院長。

さっきちょっとしたトラブルになった爺《じい》さんだ。

……あれで本当に学院長なんだな。

嘘であってほしかった。

俺の思いとは関係なしに、入学式は進行する。

学院長がお祝いの言葉を話し始めた。

「うむ、今年も総勢三〇〇……いや失礼、今年は三〇一人か。入学を祝福する。ようこそアステリア魔法学院へ」

三〇一人の部分でややニヤついたのが気になったが、さすがに最低限の良識は弁《わきま》えているらしい。

特にこの部分には触れることはしなかった。

まさか大勢の前で何か俺について変なことを話すんじゃないかとほんの少しだけ心配していたが、杞憂《きゆう》だったらしい。

「しかし貴様ら、一人だけ変な制服の男を見なかったか？　ワシからそいつがなぜ制服が違うのか教えてやろう。そいつはただの庶民なのじゃ……ふふ」

……と思ったのは大間違いだった。

杞憂ではなかったらしい。

俺ははぁ……とため息を吐いた。

「そやつの名はアレン・アルスティン。アルスティン男爵家の家名が付いておるが、ただの庶民じゃ。庶民じゃが学院生であることに違いはない。間違えて通報せんようにな」

異世界……というか、この国では名・姓の形で戸籍管理されているため、家名が必ず必要になる。他のものに変えられればいいのだが、名前を簡単に変えられるようでは悪用の恐れがあるため、かなり慎重な運用がなされているらしい。

俺としてもこんな家名はさっさとおさらばしたいのだが、結婚以外で名前を変えるのはかなりハードルが高い。

勘当程度では変えられないのだ。

と、そんなことはともかく。

学院長のせいで、新入生たちが一斉に俺に注目した。

あまり注目されたくないのだが、彼らが悪いわけではない。

ルリアも心配そうに俺を見つめているが、見られたところで死ぬわけでもない。

俺は涼《すず》しい顔で注目を受け流した。

学院長は何かが気に食わないのかチッと舌打《したう》ちすると、無難なお祝い言葉に切り替えて話を続けたのだった。

こうして入学式は終わった。

皆一斉に講堂を出て、校舎の方へ向かう。

この後はホームルームを行い、クラスメイト同士と先生の顔合わせ。

本格的な授業は明日からになる。

どうせこの後も変な目で見られるんだろうなということは容易に想像できるので、気が重くなるばかりだ。

はぁ……とため息を吐いた。

「アレン、大丈夫ですか……?」

「ん？　ああ、大丈夫だよ。運良くルリアとアリエルも同じクラスになれたしな」

入学式の後、クラス分けが発表された。

合計一〇クラス。

Sクラス、Aクラス、Bクラス……とアルファベット順にクラス分けがなされており、今年は一クラスだけが三一人で、他は三〇人ごとらしい。

この組み合わせは入学試験の成績順らしいので、一～三〇位の学院生と、三〇一位の俺が同じクラスということになる。

俺をなんとかして落ちこぼれさせようとでも考えているのか？

何がしたいのかわからないが、ルリアとアリエルが同じクラスになったのはラッキーだ。

後は……ちゃんと成績を維持して二年生、三年生も同じクラスになれるように頑張らないと……

という感じだ。

「ならいいのですが……」

◇

俺とルリアは講堂から遅れて出てきたアリエルと合流して、一年生校舎の最上階にあるSクラスの教室に向かっている。

「あの学院長、とんでもないこと言ってたわね……」

「そうだな。まあ、好意的に見れば一人だけ違う制服であることの説明がないと俺が困るというのも事実ではあるが……」

「だとしても入学式で言うことじゃないですよ！　あんなの晒《さら》し上げじゃないですか」

まったくルリアの言う通りだ。

どんなに好意的に理解しようとしても、学院長の言動は理解できない。

明確に俺に対して……いや、『庶民』に対して悪意があると考えた方が自然だ。

「まあ、そうなんだが……そうは言っても学院長が考えを改めることはないだろう。ルリアやアリエルみたいに理解者を増やして、地道に居心地を良くしていくしかない」

「確かに、文句を言っていても始まらないですけど……そうですね」

「悔しいけど、それが現実的ではあるわね……」

そんなことを話しているうちに教室の前に着いたので、扉を開けて中に入る。

教室の中は日本の中学や高校と同じような配置になっていた。

前方に大きな黒板があり、黒板の上には時計。

黒板の前には講師が使う教卓が設置されている。

教室の大部分は学院生が使う木製の机と椅子で埋められており、列ごとに綺麗に並んでいる。

後方には学院生用と思しきロッカーが設置されていた。

言葉にするとまるで日本の学校そのままだが、やはり中世ヨーロッパ風の凝ったデザインが施されている。

両者を比べて間違えるということはまずないだろう。

中には既に二八人の学院生が座っており、前後左右同士で談笑している者、静かに座っている者がいた。

教卓の前では担任であろう講師が名簿を眺めている。

黒板には座席の割り当てが書かれている。

どうやら、俺は窓際の一番奥の席に座ればいいらしい。

俺の一つ前がルリアで、その一つ前がアリエルという指定になっている。俺以外は入学試験の成績順に並んでいるようだ。

俺たちが座席に座るのと同時に、教卓の前の講師が口を開いた。

「全員集まったようですね。それでは、ホームルームを始めましょう」

緑色の髪をした若い女性講師だった。

この歳で名門アステリア魔法学院……それもSクラスの担任を任せられるということは、かなりの手練れなのだろう。

「本格的な講義に先立って、今日は自己紹介をしてもらおうと思います！」

なるほど、まずは親睦《しんぼく》を深めようということだな。

しかし、こういうのは苦手なんだが……どんな風に自己紹介すればいいんだ？

まあ、他の学院生の自己紹介を参考にすればいいか。

「まずは私、Sクラスの担任であるシルファが自己紹介をしますね」

シルファ先生が黒板に名前を書いた。

シルファ・デイトネス。

おお――！

と教室にどよめきが起こった。

あまり教養を与えられてこなかったせいで、貴族だということはわかるが本人がどの程度の人物なのかよくわからないな。

『賢者の実』によりこの世界の知識を広く手に入れることができたとはいえ、現在進行形の細かな家柄や人物などは網羅《もうら》されていない。

仮に網羅されていたとしたら俺の脳が耐えきれなかっただろうが……。

「私の専門は魔法学応用……研究された魔法理論を基に実現させるというものです。皆さんには『理論魔法の習得』講義でご一緒する予定です。私のことはもう皆さんご存じのようなのでこのくらいで。では、次の方は……座席順にしましょうか。ルリアさん」

「は、はい！」

ルリアの名前が呼ばれたということは、俺は三番目か……。

なんて言うか決めておかないとな。

第一印象が一番大事なのだ。

このホームルームの最初の一言で俺の学院生活が決まると言っても過言ではない。

かっこよく爽やかに、かつ端的に嫌味なく謙虚《けんきょ》に謙虚すぎないような理想的な自己紹介……。

必死に考えていると、ルリアとアリエルの自己紹介を聞く暇はなかった。

「では、アレンくんお願いします」

「え、ああ……もう俺の順番か」

仕方ない。まだ不完全だが、この短時間でできることの全てを詰め込んだ俺の自己紹介を披露するとしよう——

「俺の名前はアレン・アルステイン。ただの庶民だ。よろしく」

余計なことは言わない簡潔な自己紹介。

長ったらしいものよりもよほど伝わるだろう。

と思っていたのだが――

「…………………」

「…………………」

「…………………」

……なんだ？　ちょっとみんな静かすぎないか？

いつまでも立っているのもアレなので、俺は座席に座る。

すると、ヒソヒソと声が聞こえてきた。

「あの人が学院長が言ってた……」

「ああ、間違いない」

「黒い制服なんて他にいるかよ」

どうやら、俺の噂をしているようだった。

もはや、手遅れだったか……と落胆したその時だった。

「入試で一人やばいやつがいたんだが、まさかあいつなのか……？」

「俺も見たぞ」

「どう考えても入試の順位がおかしかったよな？」

「噂では学院長以外の講師は概《おおむ》ねアレン推《お》しとか聞いたぞ」

「ぜひお近づきになりたいわ！」

……どういうわけか、俺の知らないところで俺のことが噂されている。

しかも、評判は悪くなさそうだった。

ふむ、よくわからない現象が起こるものだな。

◇

それから二〇分ほどで全員の自己紹介が終わった。

俺は既にクラスメイト全員の顔と名前を覚えている。

『賢者の実』を食べてからというもの、どういうわけかわからないが、記憶力が飛躍的に上がった気がする。

賢者の実に記憶力上昇の効果はなかったはずなのだが……前世の大学受験で鍛えた暗記術が多少今でも意味を成しているのかもしれない。

「それでは、今日は皆さんにパーティを組んでもらい、パーティリーダーを決め終わったパーティから解散とします ね」

パーティとは、冒険者などがよく使う言葉であり、パーティリーダーとそれ以外で構成される小規模な仲間集団の最小単位とされている。

「今週土曜、早速ですが一年生は親睦を深めることを目的としたクラス対抗戦があります。クラス対抗戦は各クラスから代表パーティを選び、その代表者が第二校庭——闘技場でぶつかり合うことになります。Sクラスの皆さんは成績上位者ですが、実戦となると下克上《げこくじょう》が起こることはありえます。注意して臨んでくださいね」

そう説明すると、シルファ先生は黒板に十パーティ分の名前が書けるよう線を引き、区分けした。

「パーティ構成は原則三人。ただし、このクラスは三一名ですから、一パーティのみ四人の構成を認めます。代表パーティとなった場合クラス対抗戦に出場できるのはパーティのうち三人のみとなってしまいますが……。それでは、自己紹介も終わったことですし皆さん自由に席を立って決めてくださいね」

シルファ先生の説明が全て終わるのと同時。

教室の中がガヤガヤと騒がしくなってきた。

……こういうのは勘弁してほしいんだがな。

前世の俺は自由に決める系のやつが苦手なんだ。

誘って断られたらどうしようと不安に思い、誘われるのを待つうちに誰にも誘われず一人ポツン。

お情けで枠が余っていたところに入れてもらうという構図がいつの間にか出来上がっている。

はあ……。

俺はため息を吐いた。

転生しても性根《しょうね》の部分は変わっていないらしい。

どうせ前世と同じことになるのだろう。

と、そんなことを思っていた時だった。

「三人ってことは……アレンとアリエルと私でちょうどですね！」

「そうね、バラバラにならなくて良かったわ」

前の座席に座っているルリアがパズルのピースがハマったが如《ごと》く嬉しそうな顔で呟き、アリエルもそれに同調していた。

「え、俺も二人のパーティに入っていいのか？」

「当然じゃないですか!?」

「なんでアレンをハブろうって話になるのよ!?」

二人が目を丸くして、意外そうな顔をしていた。

ふむ、どうやらいつの間にかグループ分けで自然に組めるようになるほどには仲を深められていたようだ。

意識できていたわけではないのだが、学院生活の中でなかなか良いスタートを切れていたらしい。

「ふむ、じゃあ後はパーティリーダー決めるだけか。ちょうど三人だし、多数決で決めるか？」

「決めるまでもなくリーダーはアレンですから！」

「アレンの他に誰がいるのよ!?」

二人はなぜか呆《あき》れたように俺を見ていたのだった。

「なんで俺なんだ？」

「だって一番強いですし、それに頼りになります！」

「学院生同士とはいえ、本来的にパーティメンバーの命を預かる立場よ。一番強い人がなるべきだし、それに……」

「それに?」

「アレンに指図するなんて私にもルリアにも無理よ。アレンは私たちの力量を理解できているけれど、私たちはまだアレンの全部をわかっていないもの」

「なるほど、そんなもんか」

「ということで、決まりですね!」

二人の中では、俺がパーティリーダーになることは当然らしい。

常識を失っている関係でピンときていなかったのだが、アリエルの説明を聞くと確かに納得できる。

俺がパーティリーダーとして相応《ふさわ》しいかどうかは微妙なところだと思うのだが、まあ全力を尽くそう。

そんなこんなで、俺たちのパーティ決めは開始一分ほどで全てが定まってしまった。

なのだが……。

「アレン君……だよね。俺たちとパーティを組んでくれないか?」

「俺たちが全力でサポートするからパーティリーダーになってくれないか!?」

「私たち、アレン君に従いたいです~!」

一人が俺に声をかけてきたのを皮切りに、多数のクラスメイトたちが俺を同時に誘ってきたのだった。

めちゃくちゃありがたいのだが、困ったな……。

たくさん誘ってもらえても、俺の身体は一つしかない。

どこか一つのパーティに所属するしかないのだが……。

「アレン、他のパーティに行っちゃうんですか……?」

「アレンが行きたいなら私たちに止める権利はないけど……」

ルリアとアリエルの二人はソワソワしているようだった。

さっきパーティが決まった時とは対照的な不安そうな感じだった。

常識がない俺でも、俺がパーティを抜けることで二人が悲しんでしまうのはわかる。

「誘ってくれてありがとな。でも、悪いがもうこの二人と先にパーティを組むことに決まったんだ。また機会があったらよろしくな」

俺は迷わずそう答えたのだった。

「なるほど、それなら仕方ないね」

「ルリアちゃんとアリエルちゃんならお似合いだよなあ」

「もっと早く声かけてれば良かったぁ……でもでも、同じクラスならまたチャンスはあるわよね、うん!」

どうにか納得してもらえたようで良かった。

まったく誘いが来ないのは当然辛《つら》いが、誘いがありすぎるというのもなかなか心にくるものがあるんだな。

断るだけでかなりエネルギーを使ってしまった気がする。

「というわけで、先生に報告に行くとするか」

「は、はい！　良かったです……アレンがどこかに行ってしまうと思いました……」

「ま、まあ勝つためにはアレンが必要だし？　私も良かったと思うわ」

二人も安堵しているようで何よりだ。

第五章　自由時間

初めてのホームルームで早々に俺たちだけ退出するというのも憚《はばか》られたので、他のパーティが決定し、教室を出るタイミングで俺たちも教室を離れた。

この後は明日の授業まで自由時間。

学院図書館にでも行ってみようか。

そんなことを思いながら階段を降り、一年生校舎を出た時だった。

「おい、アレン・アルステインはいるかぁー!!」

「大人しく出てこい!!」

何やら、俺を呼ぶ騒々しい声が聞こえた。

俺の名前を呼ぶのは、いかにもガラが悪そうな男たちだった。

人数は五人。

しかしなんとなくだが、中央の刺青《いれずみ》が入ったスキンヘッドの男二人以外の三人はただの取り巻きのように見える。

制服を着ているので学院生であることは間違いなさそうだが、その制服はギラギラの装飾品が付いているなど、改造されている。

ダラシなく着崩《きくず》しているのは……まあ、気にするほどのことでもないか。

初日からここまで荒れている新入生はいないだろうし、おそらく上級生だろう。

「えっと……アレン、どなたですか……？」

「アレンの知り合いなの？」

ルリアとアリエルが訝《いぶか》しげに男たちを見た後、俺に尋ねた。

「いや、初対面だ。なんの用なのかさっぱりだが……」

まったく思い当たることがない。

しかしわざわざ俺が校舎を出てくるまで待っていてくれていたのだ。

無視するわけにもいかないか。

「俺がアレンだが……なんの用だ？」

「やっと出てきやがったか」

「あんまり待たせんじゃねえぞ！」

決してこの男たちと会う約束をしていたわけでもないし、怒られる理由がわからないのだが
……？

それとも、俺が常識を失ったせいで無自覚のうちに何か無礼を働いていたのか？

初対面のはずなんだが……。

「へへっ、そこを動くなよ？」

ニヤニヤ笑いながら、そんなことを言うスキンヘッドの男。

狙いがわからず突っ立っていると、急に拳が飛んできた——

「オラァ!!」

「……!?」

俺は咄嗟《とっさ》に身体を捻り、拳を避けた。

「チッ、外したか」

「いきなりなんのつもりだ？　恨まれることなんかした覚えはないんだが」

突然攻撃されたことに衝撃を覚えながらも、心を落ち着かせ、冷静に対応する。

「安心しろ、てめえに恨みはねえ！」

「そうだ、ちょっと痛い思いしてもらうだけだ！」

そう言いながら、二人同時に魔法の詠唱を開始。上級魔法『太陽の粒《サン・グレイン》』を放ってきた。

さっきは油断していたが、今回は違う。

俺は賢者の実により高まった動体視力を活用し、はっきりと拳の軌道《きどう》を把握する。

遅い――

まるで、止まっているかのようだ。

反撃に転じようと足に力を入れた瞬間、入学式前のことを思い出す。

上級生二人から攻撃を仕掛けられ、その後理不尽にも学院長に詰め寄られてしまった。

あの時オーガスがたまたま見てくれていなかったら、いきなり停学などになってしまっていたかもしれない。

俺は魔法を何も使わず、攻撃を避けることだけに徹した。

ドオオオオン!!

炎の礫が校舎の壁に衝突してしまう。

「チッ……すばしっこいな」

「こうなったら、もっと規模のデカい魔法を……」

不穏な話が流れるや否や、後ろの取り巻きの一人が二人に近寄った。

「親分、これ以上はやべえっすよ」

「ンだと！　ここで俺たちに引き下がれってか！」

「冗談じゃねえ！　メンツが潰されたままになっちまうだろうが！」

「ち、違うっすよ。それよりもこっちの方が……」

突然の戦闘からの小休止。

周りには多数の学院生もいたことから、ざわざわとした声で男たちの声は聞こえなくなってしまった。

「よし、それでいくか」

何か妙案を思いついたとばかりに、スキンヘッドの二人が拳を握り締めた。

「おい、アレン・アルステイン。てめえに決闘を申し込む。断ることは許さねえ」

なるほど……。

闘技場ならもっと大規模な魔法を放っても怒られることはないということからのアイデアなのだろう。

しかし、どうにも腑《ふ》に落ちない点がある。

「決闘を断るつもりはないが……いったいなんで俺を目の敵《かたき》にするんだ？　理由を教えてくれよ」

あの二人……いや、それどころか五人ともに面識がない。

決闘をする理由もわからないままに上級生と戦いたくなどないのだが……。

「てめえに教える義理は――」

スキンヘッドの男がそう言おうとした瞬間。

取り巻きの男たちの後ろから見たことがある上級生二人がやってきたのだった。

「あっ……さっきの……」

なんと、講堂前でトラブルになった上級生たちだった。

「アレン・アルステイン……てめぇのせいで俺たちの優秀な成績にケチがつくハメになっちまった！　これは許されねえ！」

「そうだそうだ！　俺たちはお前がボコボコにされるところを見物してやろうってわけだ！　お前がこれから相手にするのは三年生だ！　それも三年生の最高峰！　俺たち二年生とは一味違うんだぜ！」

なるほど……自分たちでは敵《かな》わないから、さらに上級生の力を借りようというわけか。

アステリア魔法学院の学院生は、一年の単位でグンと強くなるといわれている。

個人の才能は言わずもがな、その教育の素晴らしさによるものだ。

しかし……さっき少し戦った感じからすると大したことがないと思ってしまったのは俺の気のせ

いだろうか。

「でも、どうしてその二人に手を貸すんだ？　手を貸したところでメリットなんかないだろ。むしろここで暴れるのはリスキーだと思うが……」

これは、純粋な疑問から出た言葉だった。

俺に恨みを持つ二年生の二人が三年生の手を借りたいと思うのはわからなくもない。

しかし、いくら素行が悪そうな三年生だとしてもわざわざ手を貸してやる必要はなさそうに思える。

何か弱みでも握られているのか？

いや、だとしても力で勝るのだから、脅す脅されるの関係にはならないはずだ。

「それはまあ……大人の事情ってやつだよ。てめえには関係のないことだ！」

さっきと比べると、やや歯切れが悪いな。

力で劣る二年生の頼みを聞く理由……。

なるほど……ピンときた。

カネで俺への復讐《ふくしゅう》を引き受けたのだろう。

着手金いくら、成功報酬いくらなど……具体的にどういった契約になっているかはわからないが、それくらいしかなさそうだ。

だからさっきも俺に恨みがないにもかかわらずカッとなっていたのか。

そうだとすれば、納得できる。

やれやれ。

学院生はそんな余計なことはせずに本業である学業に打ち込めば良いものを……。

「アレン、こんな理不尽な決闘受けなくていいと思います」

「そうよ。オーガス先生に報告した方が」

ルリアとアリエルの二人は俺を心配していた。

しかし二人が心配する方向性は俺が負けるのではなく、また学院長に目をつけられ、不利な状況になってしまわないかという懸念《けねん》だ。

同じ屋根の下で生活しているからか、考えていることがなんとなくわかる。

「それも一理ある。でもちゃんと力の差を見せつけないとしつこく迫ってきそうだし、それに――

――」

「てめえ、断ったらどうなるかわかってるよな？　困るのはてめえじゃねえぞ！　Sクラスの連中を手始めにボコボコにしてやる。そこにいるお前の女は特別に可愛がってやるよ！」

「ちょ、何勝手なこと言ってるんですか!?」

「そ、そもそもまだアレンの女とかじゃないわよ！」

こういうことを言うのは想定できていた。

この手の輩《やから》は嫌がらせの手法に精通《せいつう》しているのだ。

それにしても、アリエル……言葉の綾だとは思うが、『まだ』っていうのは変な誤解をされそうなので注意した方がいいぞ……。

後で注意しておくとしよう。

「逃げも隠れもしねーよ。じゃ、第二校庭に向かうとしよう」

「へへっ、物わかりがいいじゃねえか」

「そうこなくっちゃな。おい！　この辺にいる一年連中もまとめて闘技場に来い！　『烙印』の無様《ぶざま》な姿を見せてやるぜ！　来なかったらぶっ殺す！」

おいおい……そんなこと言って、自分たちの首を絞めていいのか……？

俺が負けることは天地がひっくり返っても１００％ないだろう。

後のことは知らないぞ……？

◇

近くにいた一年生を引き連れ、俺たちは第二校庭——闘技場に着いた。

闘技場を囲むように設置された観戦席は本来全学年とゲストを収容できるほどに大規模なものなのでややまばらな感じを受けるが、ゲリラ的に始まった個人の決闘でこれほどの人数が集まることはそうそうないだろうと思われる。

あまり目立つのは好きではないが、まあ入学試験で多少目立ってしまったから今更か。

俺はやれやれと嘆息《たんそく》する。

「それにしても、五対一で決闘とはな」

「てめえが承諾したんだ！　ルール上は問題ねえだろ！」

「いや、べつにルールについて今更何か言いたいわけじゃないんだがな」

怪我人が一人で済むところを五人に増やしてしまうのは、医務室の先生に申し訳ないと思ってしまう。

実は、移動中に決闘のルールについて彼らと話し合った。

一年生全員の安全を人質に取られてしまった俺に反論の余地などなかったので、ほぼそのまま受け入れた形になるが……。

話し合いでは、基本的に一般的な学院内の決闘と同じく『殺しは禁止』、『意図的に障害が残るような卑劣な攻撃は禁止』、『一方の降参か、戦闘不能で勝敗を決する』といったものだった。

しかし、一つ通常の決闘とは明確に異なるルールを押し付けられてしまった。

それは、俺は一人で参加するが、敵となる五人は全員が参加するというもの。

スキンヘッドの男二人と、その取り巻き三人。

正直大した実力はないと判断しているが、このような卑怯《ひきょう》なやり方で勝ちに拘《こだわ》るとは……哀れでしかない。

それにしても名門アステリア魔法学院の学院生は皆誇り高い人間だと思っていたが、幻想だったようだ。

いや、学院長がアレなら仕方がないことかもしれない。

「つまんねー会話で時間を引き延ばそうたってそうはいかねえぜ。さっさと始めようじゃねえか」

「そうだ、卑怯な手を使うんじゃねえ!!」

どっちが卑怯なんだよ……と思ってしまうが、まあツッコミを入れるとキリがない。

「引き延ばすつもりはないよ。さっさと攻撃を始めたらどうだ？」

「この期《ご》に及んで先手は譲ると……そのやせ我慢だけは評価してやる！」

そう言った後、同時に詠唱を始める五人。

「「「「「神より賜りし我が魔力、魔法となって顕現せよ。出でよ――」」」」」

「はい、遅い」

パリンッ！

俺はアリエルとの決闘で使ったのと同じ技術――不発化魔法を使った。

この魔法により、構築中の魔法式が崩壊し、彼らの魔法は不発に終わってしまう。

「は!?　な、なんだよ今の!?」

「ま、まさかこいつがやったのか!?」

「あ、ありえねえよ！」

「な、何かの偶然に決まってる！」

「もう一回やるだけのことだ！」

ふむ、一回では偶然だと捉えるか……。

人間には正常性バイアスというものがあると聞いたことがある。

自分にとって都合が悪いことを無視したり、低く評価してしまう心理学の概念だ。

今目の前で起こった魔法のキャンセルが俺の魔法だと信じたくないのだろう。

「「「神より賜りし我が魔力、魔法となって顕現せよ。出でよ――」」」

「何度やっても同じことだ」

パリンッ！

新たに構築を始めた魔法も、俺の不発化魔法により消滅してしまった。

その瞬間、彼らが疑っていた……いや、信じたくないと思っていた事実が現実に突きつけられたのだろう。顔が強張《こわば》ったのが確認できた。

俺はそのタイミングで勢い良く地を蹴り、二人のスキンヘッドの頭を殴る――

ガツン！　ガツン！

「ぐえっ！」

「痛っ……！」

そのまま止まらず三人の取り巻きにもパンチとキックで一撃を与えた。

この程度の相手、魔法を使うほどでもない。

鍛えた筋肉だけで十分だ。

「ちょ、ちょっとやめてくれ！　頼む、この通りだ！」

「降参だ！　許してくれ！」

「俺の負けだ！」

取り巻きの三人が同時に悲痛な叫びを上げた。

降参は決闘を終了する理由になるが――

「お前たちは五人で一組なんだよな？　全員一致で負けを認めるということでいいのか？」

俺は静かな声で尋ねた。

すると――

「て、てめえらふざけんじゃねえっ！　こんなガキに負けを認めてたまるか！」

「そうだ！　ここでやめるってんならお前らの残りの学院生活どうなるかわかってんだろうな？」

スキンヘッドの二人が取り巻きに喝を入れたのだった。

もはや、取り巻きの三人は戦意消失してしまっている。

しかしスキンヘッドの二人の脅しが効いたのか――

「ひ、ひい……わ、わかりました」

「逃げるも地獄か……」

「も、もうどうにでもなれ！」

もう一度向かってきたのだった。

「はあ」

降参してくれていた方が楽だったのに……。

俺はため息を吐きながら、五人を仕方なく蹂躙したのだった――

およそ五分後。

五人は意識を失い、医務室に運ばれていった。

これでやっと正式に俺が勝ったということになる。

彼らが担架《たんか》で運ばれてすぐ――

「す、すげえええええ！！！！」

「あ、あの噂は本当だったのね！」

「まさか俺たちと同じ一年が三年に勝っちまうなんて！」

「っていうか、さっきの相手の魔法を封じたやつ、どうやるんだ⁉」

「きゃー素敵！」

なぜか、観戦席から見ていた一年生が俺を称えていたのだった。

俺としては普通のことを普通にしただけにすぎないのだが……まあ、評価されるのはそれなりに嬉しいものだな。

「アレンすごかったです！」

「攻撃魔法を一回も使わずに完勝なんてなかなかできることじゃないわ。さすがはアレンね」

担架で運ばれていく不良たちと、俺から逃げるように闘技場から出ていく二年生の二人を見ながらボケーっと立っていると、ルリアとアリエルが俺を労《ねぎら》ってくれた。

ちょっと持ち上げすぎな気もするが……。

「褒めてくれるのはありがたいんだが……力の差が大きすぎたからな。そんなに大したことはしてないよ」

「それはわかってます！」

「え？」

「大きな力を加減するのはなかなか難しいのよ？　最小限の怪我で事を収めたのは、単純に蹂躙するよりもすごいことだと思うわ」

「そ、そうなのか……？」

うーむ、どうやらまた無自覚ですごいことをしでかしてしまっていたらしい。

俺にかつてのような常識が残っていれば客観的に判断もできたのだろうが……まあ、失《な》くしてしまったのは仕方がない。また身につけられるようにこれから頑張ろう。

「何はともあれ、これでみんなの安全が確保できそうで良かった。そろそろ部屋に戻るか」

そう言って、二人とともに建物を出た。

その時だった。

「あの、アレン君！　ちょ、ちょっと時間いいかな？」

「うん？」

後ろから走ってきた人影から声をかけられ、振り向いた。

緑色の女性講師——俺たちSクラスの担任講師であるシルファだった。

「用件があって声をかけようとしたんだけど、決闘場に行っちゃったから……終わるまで待ってたのよ」

「そうなのか。手間をかけたな」

「いいえ、謝る必要はありません。アレン君にはちょっとしたお願いがあって来たんだからね」

「なるほど……。それで、用件っていうのは？」

俺は慎重に言葉を選びながら尋ねた。

シルファからは人が良さそうな印象を受けるが、油断はしない。

担任講師とはいえ、俺の味方とは限らないからだ。

今のところ、オーガス以外は皆敵だと思っておいた方が良いと判断している。

常に言葉の裏を探り、学院長の罠にハマらないように気をつけよう。

「お願いというのは……今夜、先生の部屋にお食事を食べに来てほしいの」

なんだ、そんなことか。

俺が拍子抜けした一方――

「な、な、な、なんですかそれ!?」

「そ、そういうことを学院生と講師がするのは良くないと思うわ！」

なぜかルリアとアリエルの二人が声を荒らげていたのだった。

「落ち着け、二人とも。ただ単にこの場では話せない話があって、じっくり話したいというだけなんだろ？」

「そう、その通りなのよ。ルリアちゃん、アリエルちゃん、心配しなくて大丈夫よ。大事なアレン君を盗《と》ったりしないから！」

俺のことを盗るというのは意味がよくわからないが、あえて聞くほどのことでもないか。

「ということだ。まあ、俺は色々と特別な立場の学院生らしいからな……。こういうこともあるだろう」

俺は自分の黒い制服を指さしながら言った。

「わ、わかりました……。早とちりしてすみません」

「まあ、そうよね……。よく考えれば分別ある大人が早々に変なことをするわけがないわよね」

なぜかアリエルはシルファをキッと睨みながら何か言いたげな様子。

何を思っているのかよくわからないが、とりあえず納得はしてくれたようだ。

「……ということで、すまないが今日は別々の夜ご飯になるみたいだ。先に戻っててくれるか？」

「アレンはそのまま先生の部屋に行くのですか……？」

「教職寮と学院寮は離れてるからな。いちいち戻るのも面倒だしそのまま行けると楽でいい。……と思ってたんだが、シルファもそれでいいか？」

「ええ、構わないわ」

もう空が暗くなり始めている。

食事という名目だが、二人に聞かれるとマズい類のもので俺に聞かせたい話があるのだろう。長めの話になるかもしれない。それなら早めに聞けるに越したことはないだろう。

「ということだ。終わったらすぐに戻るよ」

「約束ですからね～！」

「はいはい約束な」

「裏切った時のペナルティはどうしようかしら」

「裏切らねえって!?」

やれやれ、何を心配しているのかさっぱりだ。

食事をとりながら話をするだけだというのに。

まったく、常識ある人間の思考というのはわからないものだな。

◇

担任講師シルファとともに、教職寮へ。

学院生向けの学院寮とほぼ変わらない構造だが、講師陣の方が人数が少ないだけに建物自体はコンパクトだ。

階段を上り、二階へ。

シルファの部屋に到着した。

「どうぞ」

「お邪魔します」

シルファの部屋は全体的に白色のカラーで統一されており、女性らしいものになっていた。

学院生用の部屋と広さ自体は変わらないが、講師たちは一人につき一部屋が割り当てられているため、なんとなく広いような感じを受ける。

キッチンからはトントントンという音が聞こえてきた。

なんの音だろうと目を向けると――

「おっ、来たか」

と声をかけられた。

「オ、オーガス!?」

なんと、そこには入学試験の際に世話になり、入学式の前のトラブルで助けてくれた魔法師オーガスの姿があった。

トマトとキャベツのスープ、きのこのサラダ、鶏肉のバターソテー。

……どれもなかなか美味しそうだな。

「俺がここにいるのがそんなに意外か?」

「いや、料理できるんだなって」

「そっちかよ……。俺だって料理くらいできるぞ」

よく考えてみれば、確かにその通りだ。

身体のサイズがちょっとばかりでかいからといって料理ができないわけではない。偏見《へんけん》は良くなかったな。

「まあそんなことより、料理を運ぶぞ。手伝ってくれ」

「ああ」

シルファの部屋でなぜかオーガスが料理をしているという奇妙な状況。

初めは驚いたが、よく考えてみればわざわざ密室に一人で呼ばれているのだ。

外では話せない何かがあるのだろう。

そして、その話にオーガスも何か関係している。

……だんだんと話が繋がってきた。

「よし今日は完璧だな。味見はしてないが」

彩《いろど》り良く盛り付けられた料理が食卓に並んだ。

味見をしていないというのはやや気になるが……。

「大丈夫よ、オーガスの料理は美味しいわ」

俺の心の声を察したのか、シーファが自信満々に言う。

まあ少なくとも見た目は美味しそうだし、まずは一口食べてみるとしよう。

パクッ。

「――美味《うま》い！」

例によって俺は食レポのプロではないので大した感想は残せないのだが、深みのある味わいがあり、レストランで出てきても不思議ではない。そんな感じだった。

「ふははっ！　そうだろ！」

オーガスは満足気に微笑んだ。

「良かったね、オーガス」

「うむ」

顔を見合わせる二人。

なんかこの二人、やけに仲がいいな……。

単純に今日の話のためだけに集まっているというわけではなさそうだ。

「いつも二人で食べてるのか？」

「いつもってわけじゃないが……まあ、たまにな」

「そうなのか」

「そんなに意外かしら……？」

「ああ、シルファがそういう趣味だとは……」

と俺が言うと、シルファの顔が赤くなった。

「そ、そういうのじゃないのよ!?」

「そうだぞ！　俺とシルファは兄妹《きょうだい》なんだからな！　変な勘違いはするなよ！」

「あれ、そうなのか……!?」

その話が本当だとすると……。

う～む……。

「アレン、全然似てないとか思ってるだろ……」

「い、いやそんなことはないぞ……。イヤーメチャクチャニテルナーって思ってたんだ」

「棒読みじゃない!?」

いや、だって仕方ないだろ!?

オーガスは筋骨隆々《きんこつりゅうりゅう》の戦士のような見た目。

シルファは華奢《きゃしゃ》で転んだら簡単に怪我してしまいそうな見た目。

血が繋がっているとは到底思えないぞ……。

まったく、異世界とはよくわからないことがあるものだな。

とはいえ、二人が兄妹なのだとすれば、男女が同じ部屋で過ごすというのは納得できる。

あれ……？　そう考えると俺とルリア、アリエルの過ごし方がやや常識からズレているような気もするが……まあ、修行のためにその方が都合が良いのは事実だ。

そう考えればそれほどおかしなことではないだろう。

「やれやれ。ところで今日アレンにわざわざ来てもらったのは、ちょっと話しておきたいことがあったってのもあるんだ」

「なるほど、聞かせてもらいたい」

ようやく本題か。

もとより食事以外の理由があるとは思っていたので、特に驚きはない。

「アレンもよく知っていることかとは思うが、学院長はアレンを……というよりも庶民をかなり毛嫌いしていてな」

「……そうだな」

俺は入学当初……いや、入学試験の時点から立場を利用した嫌がらせを受けている。

「でも、学院組織全体がアレンを受け入れていないとは思わないでほしい」

「……？　それはどういうことなんだ？」

「実は入学試験の後……夜に合格者決定会議が行われるんだが、当初はアレンを不合格にしようということで話を進めていた。あの時はシルファが学院長に食い下がってくれてな、『劣等烙印者』……などと蔑称《べっしょう》がつく不本意《ふほんい》な形ではあるが、他にも賛成者がいたこともあって入学を許可されたという経緯がある」

「……そうだったのか」

全科目満点だというのに最下位……それも例年よりも合格枠を一つ増やした形での合格。

奇妙な入試結果だとは思っていたが、裏でそんなことがあったとは。

「まあ、アレンの場合はつい最近までアルステイン男爵家の子息だったということで、完全な庶民とは言い切れなかったところも妥協を引き出せた理由ではあったと思うがな」

「そうだとしても、俺のために食い下がってくれたおかげで今に落ち着いたんだろ？　……ありがとな」

俺はシルファの方を向き、礼を言う。

「気持ちは受け取るわ。でも、アレンが気にする必要はないの」

「その通りだ。そもそも貴族か庶民かというだけで評価を変えるというのはアステリア魔法学院の主義と異なる。古株《ふるかぶ》にはまだこの考えの者がいるようだが、半数近くは学院長の思想に近くなっている」

……っ！

逆に残りの半数は貴族と庶民で差別をしないのか。

これは驚かざるをえない。

確かにクラスメイトたちは俺を庶民だからとあまりバカにはしなかったが……。

「これは学院長の人選によるものだが……っと、その前に学院長がなぜ庶民を嫌うようになったのかを話さなきゃな」

「え、元から嫌ってたんじゃないのか？」

「違う。……いや、学院長に就任した時には既にそうだったが、昔は違ったようだ」

オーガスは、順を追って説明を始めた。

「もう何十年も前の話だが、学院長――テルサ・ディストルには庶民の恋人がいたらしい。ディストル家ってのは知っていると思うがディストル伯爵家のことだ。それも、後継ぎだった」

「学院長に庶民の……？　意外だな……」

あれだけ庶民を嫌悪している学院長にそんな過去があったとは。

しかしそうだとすれば庶民を大事にしようとなるはずだが、なぜそうならなかったんだ？

「まあ、そうだな。それで、二人は結婚を考えるようになったわけだが……学院長の両親が猛反対したそうでな」

「伯爵家なら仕方のないことだろうな……気の毒だが」

上級貴族のそれも後継ぎともなれば、家柄を無視して当人たちの意思だけで結婚するというのは難しい。

「それで、学院長の両親は結婚を諦めないのであれば勘当すると言い放ったそうだ」

「……」

「当時の学院長はそれでも諦めなかったようだが、その後不幸があったようでな」

「不幸……？」

「ああ。学院長の恋人はその夜、首を吊《つ》ったとのことだ」

「それは……」

声に出そうとした言葉を引っ込める。

つまり、学院長の当時の恋人は、自分のために愛する人が立場を犠牲にしようとすることに耐えられず、自ら命を絶ってしまったということか。

「アレンが想像している通りだ」

「……なるほど。でも、なんでこれで庶民を嫌うことになるんだ？　貴族と庶民が幸せになれるよう目指していく道もあったはずだが……」

「結局、人だということだろうよ。失ったものがあまりに大きく、傷は癒えなかった。どうせ叶《かな》わぬ夢なら、最初から夢など見ない方がいい。こんな夢を見せたのは庶民が悪い。……不憫《ふびん》なことだが、考えていることはそんなところだろう」

「なるほど……」

「もっとも、だからといって庶民を一くくりにして排除するするという考えには賛同できん。今の学院長が上の立場にいる限り、これは変わらないだろう」

ある意味では、学院長も被害者……か。

確かに共感はできるが、俺にとっては切実な問題でもある。

オーガスの言う通り、仮に学院長にそうした過去があったとしても譲れないものはある。

「こうした経緯《けいい》を含めて、アレンには俺たちに協力をしてほしいんだ」

「協力？」

「ああ、さっきも言った通り、学院上層部も一枚岩じゃない。学院長派閥の勢力が大きいが、俺やシルファみたいに反学院長派もそれなりにいるんだ。俺たちが実権を握ることで貴族優遇主義を終わらせる。実力で評価される枠組みを取り戻し、真の実力者を排出できる学院を目指すつもりだ。そこでアレンの力を借りたい」

なるほど、学院内政治のカードに俺を使おうということか。

確かにこの学院で庶民といえば、俺しかいないからな。

「えっと、疑問点がいくつかあるんだけど……」

「なんでも答えよう」

熱くなっていたオーガスだったが、俺の言葉で少し落ち着きを見せた。

「そもそもこの学院は王立だろ？　学院長の権限云々《うんぬん》の前に、今の環境には少なからず国王の思想も入ってるんじゃないのか？」

かつて、庶民も受け入れていた唯一の学院がここアステリア魔法学院だ。

裏返せば、七つもある王立魔法学院のうち、六つの学院は昔から貴族のみの入学しか認めてこなかったという歴史があるのだ。

「いや、国王は今も昔も一貫して実力主義だ。今の体制を認めているのも、各学院の卒業生が大半を占める騎士団が優秀な成績を残してきたからにすぎない。庶民の入学を許可することでさらに優秀な人材を確保できるのなら、反対はしないと仰《おっしゃ》っている」

「普通に考えれば受験生の数が増えれば増えるほど優秀な人材が集まりやすいように思うんだが……」

常識がないが故の疑問なのかもしれないが、そんなことを思ってしまう。

初めから誰でも受験できるようにすれば良かったのに……と。

「それは、あえてそうされてこなかったんだ」

「……？」

「今でこそこの国はある程度豊かになり、庶民の子供でも魔法の力を磨くことができるようになったが、昔からそうだったわけじゃない。昔の庶民は『今日』を生きることに精一杯であり、暇があれば家の仕事をさせられていたそうだ。魔法の練習などという『明日』を考える余裕は貴族にしかなかったんだ」

「なるほど……」

言われてみればそうだ。

庶民と貴族に初めから同じ環境を用意すれば良かった――などと言うのはある程度豊かな現代を生きる俺たちの傲《おご》りなのかもしれない。

「今日を生きるのに精一杯だった庶民の子供に、叶わぬ未来を見せるというのは残酷だった。叶わない未来は見せない……というのが当時の国王や学院の責任者たちの優しさだったんじゃないか……という見解が有力だ」

「事情が色々とわかった気がするよ」

「それなら良かった」

今は昔とは違う。

オーガスとシルファ……その他保守派の講師たちは今の時代に合った合理的なやり方に変えようとしている。俺にはそう伝わった。

「でも、余計なことしなけりゃ何事もなく平穏に暮らせたはずだろ？　オーガスも、シルファも。なんで庶民のためにこんなに頑張ってくれるんだ？」

「それは……色々あったからな」

「そうね……」

「……」

おそらく、突っ込んで聞けば教えてくれるのだろう。

少なくとも今世の俺よりは長く生きている二人。

何事もなく主流派に逆らうようなことはない、か……。

たとえ、今聞かなくとも二人に協力するのならいずれ知ることになるだろう。

今日は新しい情報が大量に頭に入ってきてパンクしてしまいそうだ。

聞かないでおくことにしよう。

「わかった、二人に協力するよ。そもそも俺が損することはないわけだしな。色々と話してくれてありがとう」

「アレン……協力してくれるか！」

「ありがとう！　先生たち頑張るね！」

二人の中では俺が協力を受け入れない場合のことも頭にあったのかもしれない。

しかし、まだわかっていないことがある。

それは――

「あの……それで、俺は何をすればいいんだ？」

「っと、そうだったな。アレンには今まで通り学院生らしく、学院生活を謳歌《おうか》してほしい。その上で、近々あるクラス対抗戦をはじめ、なるべく庶民の顔として目立ってほしいんだ」

「め、目立つ……？　俺が……？」

俺は思わずシュンとなってしまう。

あまり目立ちたくはないのだが……。

これはもう魂《たましい》に刻み込まれてしまっているのだろうか、前世から性格の根本はあまり変わっていないようだ。

「さっきも説明した通り、国王は強い人材を求められている。これまで差別してきた庶民にも実力者がいるとなれば、状況は大きく変わるだろう」

なるほど……。

俺が改革のためのわかりやすいシンボルとなり、国王に変革の決断をさせるというのが目的か。

確かに、国王の考えが変わればすぐに学院の教育に関してメスを入れることができるようになる。

今の学院長は責任を取って退任という形になり、現在の改革派勢力が学院統治の実権を握ることができるようになり、さらに話は円滑《えんかつ》に進むようになる……ということか。

「う～ん、あんまり目立つのは俺の本意じゃないんだが……そういうことなら仕方なさそうだな」

◇

シルファの部屋で夕食を食べ終えた後、学院寮の俺たちの部屋に戻ってきた。

あの後も気になったことをその都度聞いていたので、時間にして三時間くらい滞在しただろうか。

想定していたよりも長くかかってしまった。

明日は初めての講義日でもあるし、予習をしたら寝るだけになりそうだ。

「ただいま……って、どうしたんだ!?」

部屋に入って早々、ルリアとアリエルの二人に両サイドを挟まれ、じーっと視線を向けられた。

「何か言いたいことはありますか？」

「ただいまとはもう言ったが……」

「そうですか。言い訳は特にないと」

「じゃあ事情を話してもらおうかしら」

アリエルが言うと、ルリアもうんうんと頷く。

「待て待て、なんのことだ？　状況がまったく掴めないんだが……？」

「アレン、時計を見てください」

ルリアに言われて、部屋に備え付けの壁掛け時計を確認する。

なんの変哲もないただの時計である。

チクタクと一定周期で針が動いている。

壊れているようではなかった。

「午後九時三〇分……それがどうかしたのか？」

「シルファ先生の部屋に向かったのは何時だったかしら？」

「一八時過ぎだったかな……？　あまり正確には覚えていないが」

「ええ、まあそのくらいね。つまり、何が言いたいかわかるわね？」

……………。

俺は、頭を捻って二人が何を意図しているのか考えてみた。

二人と離れてから戻ってくるまで約三時間三〇分。

これは俺の感覚と一致している。

しかしこれ以外はまったくわからない。

「すまん、さっぱりだ」

「はあ」

「やれやれですね」

ため息を吐かれてしまった。

なんだ？　これは、前世で子供が遊びでやってたなぞなぞとかそういうアレなのか？

「いいですか、私とアリエルはアレンの帰りが遅かった理由を聞きたいのです！」

「その通りよ。ご飯を食べて少し話をするだけでこれだけ遅くなってしまうものなのかしら」

なぜか二人から疑いの眼差《まなざ》しを向けられてしまう。

なんか、すごく大きな誤解をされている気がする……。

「思いの外、長話になっちゃっただけだぞ!?」

「ほう……長話ですか」

「そこ詳しく」

より疑いの色が濃くなった気がする。

なんか話すたびに状況が悪化している気がするぞ……？

「待て待て、何か誤解しているようだが……二人きりじゃなかったぞ？　実はシルファの部屋には俺とシルファの他にもう一人いたんだ」

「な、な、なんですって!?　だ、誰ですか！」

「アレンがそこまで見境のない男だとは思わなかったわ……」

怒り心頭《しんとう》のルリアに、落胆《らくたん》するアリエル。

「誰って、オーガスだけど……」

オーガスっていつの間にかそんなに嫌われていたのか……!?

などと心配していたところ――

「あ、なんだ。オーガス先生なんですね」

「男性の先生も一緒ということね。最初からそう言ってくれれば良かったのに」

「……なんかすまん」

どうやらオーガスは嫌われていなかったらしい。

……よくわからん。

ひとまず二人が落ち着いてくれたので良しとしよう。

「あっ、それでどんなお話をしてきたのですか？　オーガス先生まで一緒というのが少し気になります！」

「ああ、それは話そうと思ってたんだ。ちょっと長くなるが……」

ルリアとアリエルはクラスメイトであり、同じパーティメンバーなのだ。

目的達成のためには二人にも協力してもらった方がいい。これはオーガスとシルファも同意してくれている。

まだそれほど長い付き合いとは言えないが、寝食をともにしていることもあり、密度が濃い関係を築けている。

話しても問題ないだろう。

俺はさっき聞いた話をなるべく正確に伝えるよう努めた。

「なるほど……そういうことだったのですね！」

「つまり、アレンが目立てるように協力すればいいのね？」

「そういうことだ。変なお願いなんだが……協力してくれるか？」

俺は、やや緊張した面持ちで二人を見る。

「もちろんですよ～！　私もアレンのすごさを知ってもらうのは大賛成です！」

「私も当然協力するわ。そもそもアレンはすごいのだから勝手に目立つと思うけどね」

「あ、ありがとう……！」

『そもそも』俺がすごいのかどうかは議論の余地があると思うが、パーティメンバーの二人が協力してくれるのは心強い。

色々な作戦が考えられるだろう。

明日からの授業……不本意だが、なるべく目立てるように頑張るとしよう。

第六章　学院生活

翌日。

今日から授業が始まった。

時間割は一限目が座学で、二限目が実技だ。

それぞれの授業は九〇分なので、二限目が終わると休み時間になる。

シルファとオーガスからなるべく目立ってくれと頼まれ、引き受けたのはいいのだが……具体的にどうするかな。

「え～、魔法学というのはですねぇ……。いかに多くの詠唱を覚え、いかに繰り返し身体を慣らすことで魔法を自分のものにするのかが大切でぇ……あっ、ここ試験に出ますよぉ～？」

今日の座学の講義は、眼鏡のハゲ講師による魔法学らしかった。

ものすごいスピードで黒板に文字を書き殴《なぐ》っていく講師。

同時に、クラスメイトたちのヒソヒソ話が聞こえてきた。

「や、やべえ……さすがアステリア魔法学院の授業だぜ……」

「授業の質もスピードも段違いだ！」

「置いていかれないようにノートちゃんと取らないと！」

やっべえ……簡単すぎて眠くなってきた。

しかも簡単なだけじゃなく無駄な話のせいでスピードも遅すぎる。

本当にここは名門学院なのか？

わかりやすい解説をしているつもりなのかもしれないが、あまりにどうでもいい話が多すぎて逆にわからなくなってくる。

でも、ちゃんと聞いておかないとな。

テストに出るらしいし……。

学院生にとって、最も目立てるチャンスがあるのはテストだろう。

ここで満点……とはいかなくとも九割くらいの得点が取れれば、意図せずとも目立てるに違いない。

「であるからして――」

…………。

ガクッ。

危ない危ない……あまりに退屈すぎて眠ってしまうところだった。

っていうかちょっと寝てたな。

さて、ちゃんとノートを取ろう。

――と、顔を上げた時だった。

「アレン・アルステイン！　私の講義を聞いているのか！」

と言いながら、ハゲた教授が白いチョークを投げてきたのだった。

「……!?」

思わず俺は手を伸ばす。

パシッ！

ふう。

どうやら無事にチョークをキャッチできたようだった。

寝ていた俺も悪いが、チョークを投げつけるのは体罰だろう。

そんなことが許されていいのか？

……いや、俺の常識がズレている可能性が高いな。

ここは異世界なのだ。異世界の学院ではこれが普通なのかもしれない。

「ぐぬぬ……キャッチするとは……」

なぜか、チョークを投げつけてきたハゲ講師は怒りで頭を赤く染めて悔しそうな顔をしていた。

同時に、クラス中がクスクスと笑いに包まれる。

ふむ、どうやら俺は意図せず笑いを提供していたらしい。

「お、おいアレン！　黒板に解答を書きに来なさい！」

「……？」

まるでタコのように怒りで頭を赤く染めたハゲ講師が怒鳴りつけてきた。

黒板には魔法学の基礎となる図が描かれている。

今日の講義は、魔力と魔法の関係を解説するというもの。

基礎中の基礎だが、実はこの分野はかなり深い。

まだ発展途上の分野である。

問題というのは、魔力と魔法からより発展し、魔力と詠唱省略に関するものだったらしい。

詠唱省略というのは文字通り詠唱を省略する技術だが、無詠唱とは明確に区別される。

一部使わなければならない単語を省略する際に魔力がどのように魔法に変化しているか――これを図に示せということのようだ。

「何をしている？　寝ていたということは完璧に理解しているのだろう！　早く書きに来ないか！」

ハゲ講師は、ニヤニヤと楽しそうにしていた。

「ひ、ひでえ……さっきまだこれは研究途上だって……」

「魔法学の研究者でもわかってないことを学院生に解答させるなんて……」

「これじゃまるで晒し上げだよ……。さすがにアレンくんでもこれは……」

クラス中からヒソヒソと声が漏れてくる。

何を言っているか判別できないが、おそらくみんな自分が解答するならという立場で考えているのだろう。

前世でも高校時代、やたらと指名してくる先生に備えて常に自分でも解答を出していたものだ。

「あ、あの……アレン。ここは先生に謝った方が良いかもしれません」

「そうね。目立つって言っても悪い風に目立つのは本来の意図からズレてると思うし……」

どういうわけか、ルリアとアリエルがそんなことを提案してきたのだった。

謝る……？

俺が寝ていたせいで問題が解けないのだとしたらそれもわからなくはないが、今回は違う。

ちょっと性格が悪そうな講師だが、幸いにも基礎的な問題を尋ねてくれているので、まったくの無問題だ。

それに――

「何言ってるんだ？　このくらいで目立つもクソもないだろ」

そう、あまりに基礎的な問題すぎて、解答できたとしてもそれほど目立つ結果にはならないのだ。

教科書に書いてあることなら解答できても普通だろう。

今回は目立ちたいので残念だが、多少の優秀さを見せれば、次からは難問を提供してくれるかもしれない。

黒板に向かい、ハゲ講師から受け取ったチョークで解答を書き始めた――

詠唱省略魔法は、詠唱魔法に比べると無駄が少ないため、同じ魔力量・質でも最大限効果を発揮する。

複雑な幾何学模様を頭の中でイメージし、黒板に示した。

ついでに、講師が（わざとだと思うけど）魔力と魔法の関係に関する図を間違えていたので、訂正を入れておく。

ふう、こんなもんか。

「す、すげえええ……」

「全然意味わかんないけど、すごいのはわかるぞ！」

「さすがアレンくんだね！」

うん？

なぜかクラスメイトからの評価が高いな。

問題自体は簡単だったが、書き示すのはやや面倒だったから思ったより反応が良いのはありがたいが。

「これでいいのか？　――って、どうした？」

正解なのかどうかを確かめようと講師の顔を覗いたのだが……。

「あわわわわわ……う、嘘だろ……。私が二〇年も専門に研究していたことをこうもあっさりと……。し、しかも完璧だ……あ、ありえない……。私の研究の間違いまで……。世紀の大発見がいくつも……！　あああああ……」

なぜか、狼狽《うろた》えていた。

え、もしかして自分が解けない問題を俺に解かせていたってことなのか……？

しかし、この詠唱省略の性質に関しては太古の昔に既に発見されていたはずなのだが……。

やれやれ、どうなっているのやら。

◇

一限目の座学が終わり、一五分の休憩を挟んで二限目。

二限目の科目はオーガスが担当する実技の講義だ。

俺たちSクラスの面々は、事前に知らされていた集合場所——第三校庭に集まっていた。

使う校庭は必ずこれと決まっているわけではなく、日によって異なるとのこと。今日は一年生Sクラスが第三校庭を割り振られていたということらしい。

元王国魔法騎士団でも最強と名高い魔法師による実践的な指導が受けられるということで、クラス中が沸いていた。

「あのレジェンドの講義……期待しかないぜ！」

「落ちこぼれないようにしないと……！」

「オーガス先生の指導は厳しいって聞くけど頑張る！」

俺もこの講義には期待をしていた。

入学試験で既にオーガスには決闘で勝っているのだが、それと指導力とは必ずしもリンクしない。

そもそも、勝ったといっても全盛期のオーガスではない。

見習うべき点は多いだろう。

キーンコーンカーンコーン。

講義時間開始のチャイムが鳴るとほぼ同時に、オーガスがサングラス姿でやってきた。

前世の知識を持つ俺としては、この外見は魔法師というより中学、高校辺りの体育教官に見えてしまうな……。

　まあ、魔法実技の講師なのだからあながち間違いでもないのだが。

「うむ、全員集まっているようだな」

　オーガスは名簿にチェックをつけた。

　それから、今日の講義の説明を始めた。

「よし、始めるぞ。俺の指導スタイルは実戦重視だ。いくら理屈を詰めようが実戦で役に立たなきゃ意味がねえ。……ということで、俺の指導を意味あるものにするには皆の実力を正確に把握して最適な組み合わせを考えなくちゃいけないんだが……あいにく俺は入試で全員と手合わせしたわけじゃない。かといってこの講義時間中に全員と相手をするというのも難しい」

　なるほど、自分に足りていない部分を他のクラスメイトから吸収させるということか。

　実戦を意識するのならこの方法は理に適《かな》っているな。

　それに、一定以上魔法を使える者たちが集まる場所——魔法学院のようなところでないとできない指導だ。

　しかし、何やら嫌な予感がしてきた。

　前世の中学、高校時代には柔道や剣道の授業でペアになって練習しろなんて言う体育教官がいたのだが——

「そこで、二人一組になって決闘形式で戦ってもらおうと思う。今日のところはペアは自由に決めてくれるといい」

やっぱりかぁ……！

やめてくれ、こういうのは苦手なんだ……。

というのも、このクラスの生徒数は三一人。

二人一組の組み合わせでは、一人余ってしまう。

俺は経験則的に知っている。

こういう時、俺は余り者になり先生に相手になってもらう羽目になってしまうのだ。

もしくは、先生にお願いしてもらってペアになったところに交ぜてもらうか。

憂鬱《ゆううつ》すぎる。

俺ははぁ……とため息を吐いた。

しかし——

「アレンは私とペアですよね？」

「何言ってるのよ、私とペアに決まってるじゃない」

ん……？

なんと、ルリアとアリエルが俺をめぐって取り合いを始めてしまった。

しかも、そればかりか——

「アレン君、私とペアになってください」

「俺と組んでくれ！　手合わせしてほしいんだ！」

「ずりーぞ！　俺が先に予約してたんだ！」

一斉に俺の周りにクラスメイトが集まってきた。

な、何が起こってるんだ……？

ボッチになって肩身の狭い思いをするかと思いきや、まったく違う反応で驚いてしまう。

住む世界が違えば扱いも変わるということか……？

それはそれとして、二人一組になるのならルリアかアリエルとできるのがベストではある。

しかし、今日の講義では二人一組の指定だ。

ルリアかアリエルのどちらかを選べば、どちらかが余ってしまう。

仕方のないことなのだが、それはなんか嫌だな。

そんなことを思っていた矢先——

「おっと、うっかりこの今年のSクラスは三一人だったこと忘れてたぜ……！　ふん、ちょうどいい。アレン、お前は俺とやるぞ。他の連中が弱いとは言わねえが、アレンだけあまりにも学院生レベルから離れすぎて実のある時間にならんだろう」

「えっと……まあ、それなら仕方ないな」

結果的には想定していた通りペアはオーガスになってしまったが、孤独感《こどくかん》はなかった。

「えー、オーガス先生ずるい～！」

「せっかくチャンスだと思ったのによぉ」

「ってか、先生がアレンとやりたいだけなんじゃねーの？」

口々にクラスメイトたちが残念がってくれた。

「ば、バカモノ！　俺が公私混同《こうしこんどう》などするわけがないだろう！　ちょうど一人余っちまうし、何よりアレンのことを考えて提案しただけだ！　変な勘違いをするなよ！」

なぜか焦っているように見えたが、まあそうなのだろう。

オーガスまで俺の取り合いをしようなどとは思うはずがないからな。

「アレン、一緒にできないことは残念ですがチャンスですよ！　ここで目立てば目標に一歩近づくはずです！」

「それはそうね。頑張って！」

「お、おう……」

と言われても、何をどうすればいいのかさっぱりなのだが……。

「じゃあ、私とアリエルで始めましょうか」

「そうね。よろしく頼むわ」

ルリアとアリエルは自動的にペアになることが決まり、俺のスカウトに失敗したクラスメイトたちも全員がペア組みに成功したようだ。

こうして、本格的に魔法実技の時間が始まった――

「アレン、今日こそ本気で戦おうじゃないか」

「本気で戦うとどっちかが死ぬと思うが……？」

入学試験の時は俺が勝ったとはいえ、入学試験では出していない奥の手があるかもしれない。

奥の手がなければオーガスが死ぬし、奥の手があれば俺が死ぬ結果になるだろう。

俺がもう少し成長すれば話は変わるが、数日でそれほど大きく変わることはない。

賢者の実により、今までの非効率な修行から解放された時の伸び代は凄まじかったが、その勢いでずっと成長するわけではないからな……。

「ふむ……では、死なない程度に本気で戦うとしよう」

「じゃあ、それで」

なかなか難しい要求をしてくるものだな……。

本気——ということは、アレを使うか。

アリエルと合格発表の後、決闘の際に使った不発化魔法。

発動前の魔法に対して俺の魔力をほんの少し当てることで魔法の構造を破壊し、不発に終わらせることができる技術だ。

「出でよ——」

「……っ！」

オーガスが叫ぶと同時。

無属性の光の弾が出現し、俺を目掛けて飛んできたのだった。

魔法自体は入学試験の時にオーガスが使っていた『純粋魔力弾』とほぼ同じだが、詠唱がさらに省略されてしまっていた。

同じ構造の可能性もあるため無効化できるかもしれないが、そこに賭けるのはやや危険……だな。

俺は作戦を変更し、『魔力壁』を使う。

前面に展開した壁と無属性の魔力弾が衝突する――

「……前よりも、さらに威力が上がってるな」

直前に不発化魔法を取りやめ、急遽《きゅうきょ》別の魔法に切り替えたせいで、この魔力壁はやや脆《もろ》い。

このままだと破壊されるな……。

一瞬のうちにそこまで考えを巡らせた俺は身体を捻った。

俺の魔力壁が破られると同時に、爆風で身体が吹き飛ぶ。

「あ、あのアレンが……！」

「さすがはオーガス様だ！」

「アレンはよく頑張ったぜ……！」

俺とオーガスの戦いを見ていたクラスメイトたちは、口々に俺がまるで負けたかのような感想を漏らした。

しかし、俺はまだ諦めたわけではない。

というよりも、途中までは作戦が上手くいかなかったが、身体を吹き飛ばさせたのはその方が都合が良かったからだ。

爆風を上手く利用し、右後方に移動することで、追撃を逃れることが目的だったのだ。

ギャラリーはそこまで理解できていないようだが、オーガスは十分に理解していたのだろう。

後ろに跳躍《ちょうやく》し、俺からの距離を取りつつ、次なる一手を繰り出そうとしてきている。

「出でよ――」

次の攻撃は、『純粋魔力弾』と『流星群』の合わせ技。

しかも、当然の如くこれも構造分析ができないほどに詠唱省略がされていた。

無数の『純粋魔力弾』が、雨のように降り注ぐ――

どちらか一方だけでも強力なのに、その合わせ技とはな……。

これほどの短期間でさらに腕を上げてくるのは想定外だった。

でも――

「当たらなければどうということはない」

いつ、どこに魔力弾が落ちてくるのかを目視《もくし》で正確に見切り、跳躍して躱す。

衝撃波を魔力壁で防ぐことで攻撃を凌いだ。

俺に時間をかけた魔力壁を展開する時間を与えずに攻撃を続ける――か。

さすがはかつて世界最強の魔法師とまで言われただけのことはあるな……。

同時に、オーガスとの間合いを詰めていく。

これまで使うことのなかった魔法――『身体強化』を使うとしよう。

身体強化――というのは、字面《じづら》ほどお手軽な魔法ではない。

魔法によりノーリスクで際限なく強化できる類のものではなく、潜在能力を引き出すものだ。

いわば、火事場の馬鹿力を意図的に引き出すのと同じ。

脳のリミッターを解除する魔法が、身体強化魔法というわけだ。

長く使えば身体へのダメージが大きいため、多用はできない。

今回は一度の跳躍だけに身体強化を使う――

「な、なんだと消え……っ！」

オーガスの目には、突然俺が消えたように映ったことだろう。

無理もない、なんの前触《まえぶ》れもなくいきなり限界を超えたスピードで視界から外れたのだからな。

だが、そのおかげで完全に隙ができた。

俺は、オーガスの背後に辿《たど》り着き、背中に俺の手を密着する。

「これで俺の勝ちかな」

「なっ……！」

魔法師同士の戦いにおいて、背後を取られることは死を意味する。

背中に手を密着させているということは、至近距離からの強力な魔法を撃ち込むことも可能なのだ。

剣での戦いで首に剣を突きつけるのと同じだと考えるとわかりやすい。

「くっ……俺の負けだ」

オーガスは悔しそうに肩を落とし、敗北を認めた。

「す、すげえ……！」

「あそこから形勢逆転《けいせいぎゃくてん》するなんて信じられない……」

「どっちも速すぎて頭が追いつかなかった……」

どうやら、クラスメイトからの評価も上々のようだった。

　これで他のクラスにまで俺の知名度が波及《はきゅう》してくれるといいのだが……入学初期の段階ではまだ難しいか。

「アレン、いい試合をありがとな」

「ああ、どういたしまして」

「それでもし良ければなんだが……さっきの試合、俺の立ち回りについて何か思うことはないか？」

「う〜ん、理想的な動きだったと思うが……」

「そうか……うーむ、先が見えんな」

　オーガスは短期間でかなり腕を上げてきた。

　試合の内容としては良かったのだが、少し自信を失ってしまっているようだ。

　親子ほど歳の離れた相手に二度も負ければそうなるのも無理はないのかもしれない。

「あくまで一般的には……だな。俺を相手にするなら、『流星群』を使うよりもより狭い範囲を狙った方が可能性があったかもしれない。他にもいくつかあるが……」

「お、おお……！　詳しく教えてくれ！　頼む、この通りだ」

「え？　まあ構わないが……」

　これじゃあ、どっちが講師かわからなくなるな……？

　まあいい、教えることで俺の理解も整理されるし、悪い話ではないからな。

　こうして、俺は講義時間が終わるまでの間、クラスメイトたちが戦闘をする中、講師であるオーガスの指導をしたのだった。

◇

キンコンカンコン。

チャイムが鳴り、講師であるオーガスから二限の終了が伝えられた。

レジェンド級の人物に短時間とはいえ、指導するのは緊張してしまっていたようで、俺はほっと息を吐いた。

基本的にアステリア魔法学院は月曜日から金曜日の五日間が講義日であり、その一日は午前二限、昼休み、午後二限で時間割が組まれている。

二限目の魔法実技の時間が終わったので、やっと昼休みである。

「アレン、お昼ご飯を食べに行きましょう！」

「ここは食堂から遠いから、急がないとね」

チャイムが鳴ったのと同時に、ルリアとアリエルが声をかけてくれた。

二人ともなぜかソワソワしている。

「ん、ああ。でもそんなに急がなくてもいいんじゃないか？　昼休みは一時間あるんだぞ？」

「それはそうなのですが、この学院の昼休みは毎日大変なことが行われているのです」

「大変なこと？」

「昼休みになると、一斉に学院生が殺到《さっとう》してしまい、座席がすぐに埋まってしまうのです」

「私もその話を聞いたのよ。一学年三〇〇人、それが三学年で九〇〇人。お弁当を持参してる学院生もいるけど、結構な数が食堂に向かうの」

二人の話を聞きながら、食堂の風景を思い出す。

俺は講義日以前にも食堂にご飯を食べに行ったことは何度もあるが、確かに半分の四五〇人ですら収容できなさそうだった。

「……急いだ方が良さそうだな」

◇

急いで向かったのだが、実技演習をしていた第三校庭が食堂から遠かったせいで、俺たちが食堂に着いた時には既にほぼ全ての席が埋まってしまっていた。

二人用や一人用の座席はまだ空いているものの、三人座れそうな場所はもう残っていない。

「一足遅かったようです……」

「仕方ないわ。どこか空くまで待ちましょう」

「すまないな……もうちょっと早く移動できてれば……」

もともと場所が遠かったことも原因の一つではあるが、注意力が足りず俺の反応が遅れてしまったことも要因の一つではあった。

「アレンが気にすることないですよ！　三人以上が座れる座席は少ないですし、移動し始めた時にはもう遅かったのかもしれません」

「ええ、誰が悪いわけでもないわ。まぁ、明らかに学院生の数に対して席が足りてないのは学院側が悪いとも言えるけどね」

どうしても気にしてしまうが、そう言ってくれるとありがたい。

俺たちは、空席ができるのを待つ間に食堂の端に置かれている食券機で食券を買っておくことにした。

食券機……と言うと現代らしさを感じてしまうのだが、それ以外の呼び方が他に見当たらない。デザインこそ中世ヨーロッパ風だが、お金を入れてボタンを押すと、紙製の引換券が出てくるという仕組みである。

この世界には魔道具というものがある。

魔物を倒して素材を回収する際に低確率で入手できる魔石に、魔法を刻むことでその魔石は役割を持つようになる。

一種類、あるいは複数の種類の性質を刻んだ魔石を組み立てることで、このような現代風のアイテムが作られているのだ。

「私、この定食に決めました！」

「お肉のスープとサラダ、パンがセットになったものね。……私もそれにしようかしら」

二人は早々に食べるものを決めたようだった。

この食堂では定食と単品から選ぶことができ、単品だと二〇種類程度のバリエーションがある。

その中でも二人が選んだのは、女性に人気のメニューだった。

男の俺からするとやや物足りないが、小柄な二人にはこのくらいがちょうど良いのだろう。

残念ながら、俺が好きなカツ丼や牛丼、親子丼はなかったので、別のものを選ぶことにする。

「じゃあ、俺はチキンステーキ定食にしようかな」

「おーっ！　さすがはアレンです。ガッツリいきますね！」

「まあ、ちょっと二限で身体を動かしたからな」

食券を買い終わり、どこか席が空かないか食堂を広い視点で見ていく。

すると――ちょっと気まずい人物と目が合ってしまった。

「ア、アレンの兄貴じゃないっすか……」

「よう……あの後、調子はどうだ？」

昨日、ホームルームの後に俺に絡んできた三年生たち五人だった。

食堂に一つしかない六人掛けの席で昼食をとっていたらしい。

そんなことはともかく……この五人のうち、二人は俺との決闘で気を失い、医務室に運ばれていったので少し気にしていた。

意味不明な条件とはいえ、一応は決闘。

後に残るような重大な怪我をさせてしまうことは俺の意に反する。

「目が覚めたらなんともなかったっす……あ、あのアレンの兄貴、席がないんすか？」

最初は言い間違いかと思ったが、兄貴……？

俺はお前たちの兄貴になったつもりなどないのだが……。

と、細かいことにツッコミを入れても仕方がないので、質問に答える。

「ん？　ああ、ちょっと空くまで待ってる感じだ」

「じ、自分ら別の席に移るんで、どうぞここ使ってくだせえ」

「え、いいのか？」

「当然っす！　この程度、昨日のお詫《わ》びとかそういうのじゃないっすけど……」

なるほど、不良なりに考えたということか。

しかし――

「俺は力を使って追い出すようなことをするつもりはない。そのままでいい」

「い、いや！　そうじゃないっす！　なんか俺ら別の席に移りたくなったっす！」

「そうなのか？　それならありがたく使わせてもらうか」

「へ、へい！」

不良たちはすぐさま食事が載ったプレートを持って別の席へ向かっていったのだった。

「なんか、たまたま席が空いたみたいで良かったな」

「ええっと……まあ、そうですね」

「まあ、あの人たちだしこのくらいはいいのかしら……」

俺はちょうど席が空いてラッキーと思ったのだが、なぜか二人の反応は微妙だった。

もしかして、また常識的におかしなことをしでかしちゃったのか……？

「あ、あいつ何者だ……!?」

「見たことねえってことは一年か……？」

「一年が三年の不良を顎《あご》で使えるのか……？　つーか、三年同士でも無理だろ……」

ヒソヒソと俺のことを話す声が聞こえてくる。

よくわからないのだが、どうやらまた知らない間に目立つことに成功したようだった。

◇

昼休みが終わり、午後の講義時間になった。

今日は三限と四限が魔法工学の実習の予定になっている。

「ふっふっふっ、我輩はクロム・ルミナルド。諸君らを担当する講師なのじゃ。諸君らはこの学院……それもSクラスに入学できた時点で優秀なのじゃが、残念ながら私の実習――魔法工学においては完全にど素人であることをまず認識するのじゃ」

魔法工学の講師が、講義時間の開始早々にそう言い放った。

この科目は入学試験の際のペーパーテストでも、実技試験でも問われなかった領域だ。

アステリア魔法学院に入学してから皆横一列になって勉強を始める。

多少の魔法理論や実技で身につけたセンスは生きるが、現時点では確かに全員が何もわからない状態である。

それをこの講師はど素人と表現しているわけで、それは正しいのだが……この見た目で言われるとなんとも威厳を感じられないから不思議である。

「先生かわいい～！」

「先生何歳なんですか～？」

「先生も一緒に勉強するんですよね！」

いわゆる、この講師は『のじゃロリ』というやつだった。

『のじゃロリ』というのは、語尾に『～じゃ』や『～のじゃ』と付けてかつ、見た目が幼いキャラクターをのことを指す。

実年齢はそれなりのはずだが、見た目が一〇歳前後の少女に見えてしまうほど幼いせいで申し訳ないことにまったく威厳というものがなかった。

舐められまいとかなり気合いを入れて最初に言い放ったはずだというのにこの扱い。人は見た目によらないものだが、見た目もなかなか大切だということを考えさせられる。

「くぅ、悔しいのう……」

おそらく他のクラスでもそうなのか、毎年そうなのかは知らないが……。

とはいえ、見た目と講義自体の質は関係ない。

「クロム、ど素人の俺たちに早く魔法工学を教えてくれないか？　先生なんだろ？」

「そ、そうじゃ！　我輩は先生なのじゃ！　じゃあ、まずは魔法工学とは何かということから教えるとするのじゃ。さっきのそこの、ほれ、お前じゃ」

先生扱いされたのが嬉しかったのか、なぜか俺の方を指さしている。

「ん、俺か？」

「そうじゃ、お前なかなか見込みがあるから指名したのじゃ。魔法工学について知っていることを話してみるのじゃ」

「問題ないが、必要なことなのか？」

「……生活に溶け込んでいるもんじゃから、知っていることも多くあるじゃろう。まずは学院生の理解度を確認し、わからないところを埋めていこうと思うのじゃ」

「なるほど、そうなのか」

『賢者の実』により膨大な知識を獲得した俺に聞くこと自体が間違っている気がする。しかし指名されたのだから、答えるのが礼儀ってものだよな。

面倒だが、仕方ない――

「魔法工学というのは、要するに魔道具をどのような方法で開発するかを研究する学問のことだ。例えば、この学院の食堂にも食券機というものがある。仕組みはどの魔道具も同じで、魔石に任意の魔法を刻むことで性質を与え、一種類、あるいは複数種類の性質が刻まれた魔石を組み立てることで動くようになる。細かな技術に関しては省くが、どのような性質の組み合わせなら目的の効果を得られるか、効率化できるところはないか――とまあ、そんな感じのことを研究している。戦闘時に使うアイテムでも魔道具は結構あるから、この実習の目的は基礎的な仕組みを理解して魔道具を使いこなせるようにしましょうってなところじゃないか?」

——もともとさっき食堂に入った時に思い出していたことなので、スラっと言葉が出てきた。

おそらく、これで間違いないはずだ。

「か、完璧な解答じゃ……。今年の一年生Sクラスは皆このレベルってことなのかの……?」

「いや、俺がたまたま知ってただけだ。ちょっと知る機会があったからな」

「な、なるほどなのじゃ。……ま、まあ魔法工学というのはこやつが説明してくれた通りなのじゃ! では、今日は実際にシンプルな魔道具『卓上扇風機《たくじょうせんぷうき》』を作って理解を深めるのじゃ!」

そんなことを言うと、クロムは卓上扇風機作成用のキットを配布した。

キットの中には魔法が何も刻まれていない魔石が五個と、卓上扇風機のケースとなる外側の部分が入っていた。

「まだ寒いのに扇風機かぁ……」

「仕方ないよ、夏になったら使えるって」

「勉強のためだから、しょうがないんだよ」

この世界でも四月は春なのだが、まだ肌寒さが残っている。

寒い中で扇風機というのはミスマッチ感が否めないのだが、カリキュラムは既に組まれており、始業が四月なのだからどうしようもない。

俺たちが今日やるべきことは、魔石に魔法を刻んで、完成した魔石をケースに収めること。

刻印用の魔法を教科書通り詠唱するだけで完成するので、かなり簡単な作業である。

「う～ん」

確かに初歩の初歩としてはこのくらいでいいのかもしれないが、俺にとってはやや物足りない。

「クロム、質問いいか？」

「なんじゃ？」

「これって、今日は魔道具作りの理解を深めることが目標なんだよな。じゃあ卓上扇風機と言わず、別のものを作ってもいいのか？」

クロムをしばらく考える素振りを見せた後、答えてくれた。

「べつに構わんが……そのキットで別のものを作れるとは思えんぞ」

「それはやってみなくちゃわからないだろ？」

俺にはこの機会に作ってみたいものがあった。

前世の日本にあって、異世界にはないもの——エアコンである。

「え～、まずは我輩の指示通りに詠唱するのじゃ」

クラスメイトたちがクロムの指導で卓上扇風機作りに勤《いそ》しむ中、俺は別の作業を始めた。

エアコンといえば、冷房と暖房と除湿を自由に切り替えられるようになっているのが一般的だ。

本来なら室外機を設置し、冷媒ガスによる熱交換を利用する仕組みを整えなければならない。

しかしこの世界は魔法が存在する世界なのだから、そのような面倒な仕組みを使わずとも直接熱を発生させることもできるし、逆に直接冷やすこともできる。

こんな感じかな？

俺は、五つの魔石にそれぞれ魔法を刻み込んだ。

・風を吸い込む魔法
・風を吐き出す魔法
・空気を暖める魔法
・空気を冷やす魔法
・空気中の水分を取り去る魔法

そして複雑に相互の魔石同士の機能を絡ませ、まとめることで一つの装置で全てを担えるようにすることができた。

卓上扇風機用の外装なので、ボタンが一つしかない。

そのため、一回押すと暖房、二回押すと冷房、三回押すと除湿とすることで解決した。

これで完成だ！

魔道具の作り方は知識としては知っていたものの、実際に手を動かしたのは初めてだった。そのためやや苦労したものの、クラスメイトたちが卓上扇風機を完成させるタイミングには間に合わせることができた。

ボタンを一回押してみる。

空気を吸い込み始め、やがて暖かい空気が出てきた。

その後冷房と除湿も試してみたが、問題ないようだった。

「な、なんか急に暖かくなったような……？」

「この時間に自然に暖かくなるわけがないわよね……」

前の座席に座っているルリアとアリエルは気がついたらしい。

「もしかして、急に暖かくなったのってアレンが……？」

「まあ、そんなところだ」

「す、すごいです！　アレンは魔道具まで作れるのですね……！」

「まさか本当にやってしまうなんて……さすがだわ！」

二人が絶賛してくれたことで、クロムが俺の席までやってきた。

「まさか、本当に魔道具を一から作ってしまったのかね……。それもこんな最小限の魔石と外装で……」

「まあ、そんなところだな。こうやって一回ボタンを押すと暖房、二回押すと冷房、三回押すと除湿だ。ちなみに四回目を押すとオフになる」

クロムの目の前で実演して見せた。

俺が作った卓上エアコンを自分でも触ってみるクロム。

「す、すごいのじゃ……！　本当にすごすぎるのじゃ……！　奇抜なアイデア自体もそうじゃが、少ない魔石でありつつも最適な処理がされておるし、魔石の刻印自体も性能を最大限に引き出しておる。……文句のつけようがないのじゃ」

「そ、そんなにか……？」

アステリア魔法学院で魔法工学を教えている講師——ということは、魔道具作りの分野においてはトップクラスの人物である。そんな人から褒めてもらえるとは……。

知識があったとはいえ、初めて作ったものなんだがな。

「もはや我輩もわからぬ技術を使っておるな……なあ、名前をなんという？」

「ん、アレン・アルスティンだが？」

「アレン、我輩にどうやって作ったか教えてくれなのじゃ……！」

「ええ……？」

も、もしかしてだが……実力を認めさせただけじゃなく、この道のプロに勝っちゃったのか……？

いや……今に始まったことではないか。

「頼む、頼むのじゃ！　あ～、教えてくれないと気になって気になって、夜しか眠れない気がするのじゃ……」

夜眠れれば十分だと思うのだが、まあいいか。

「わ、わかったよ。でも今は講義時間だろ？　そのうち、手が空いてる時間があったら教えるからさ……」

「ほ、本当じゃな!?　約束じゃぞ!?　嘘だったら我輩泣くからな!?」

「お、おう……わかったから」

俺がそう返事を返すとクロムは満足そうな顔になり、踊《おど》りながら教卓に戻った。

同時に、チャイムが鳴る。

「じゃあそういうことで、今日の実習は終わりなのじゃ〜！」

そう言うと、そそくさと教室を出ていったのだった。

「……」

最初はグイグイ来たので驚いてしまったが、冷静に考えると変なプライドを持たずに誰からでも教えを請える……それこそが一流たる所以なのかもしれないな。

オーガスにせよ、クロムにせよ、そういうところが共通している。

俺も、誰かから教えてほしいのだが……。

まあ、今日のところは目立てたから良しとしよう。

◇

三〜四限の講義時間が終わり、担任講師から事務連絡などがあるショートホームルームの時間になった。

特に大きな連絡事項がなければ一〇分ほどで解散となり、その後は自由時間になる。

「初日の講義、皆さんお疲れ様でした。連絡事項ですが、今週土曜のクラス対抗戦についてです」

クラス対抗戦……か。

この学院には様々なイベント事があるのだが、入学して早々に行われるのがクラス対抗戦。

確か昨日のホームルームでそんな説明があった。

俺とルリア、アリエルの三人でパーティを組んだので、この組み合わせで参加する予定になっている。

「代表パーティの選出については、先生が決めるというのもアレですから皆さんに決めてもらおうと思います。しかしなんの材料もないというのは困ってしまいますよね」

シルファがそう説明したところ、教室の中がざわざわとし始めた。

「アレン君で良くない？」

「アレンのパーティがいいよね！」

「アレンがいるなら安心だと思う！」

ふむ、どうやらクラスメイトたちは俺たちのパーティを推薦《すいせん》してくれそうな感じだな。

シルファの懸念は払拭《ふっしょく》されたかと思ったのだが――

「えーとですね、今の時点でどれかのパーティを推薦するという考えもあると思いますが、もう少し熟考しても良いのではないでしょうか。……ということで、明日皆さんにはダンジョン実習を行ってもらおうと思います！」

もともとこれを話すつもりだったのだろうから仕方ないが、なかなか強引だな……。

というか、そもそもダンジョン実習ってなんだっけ。

と思っていると、説明が始まった。

「ダンジョン実習というのを初めて聞いた人もいるかもしれません。ダンジョン実習というのは、この学院の地下にあるダンジョンを使った実習のことです」

この学院の地下にダンジョンがあるのか。

ダンジョンというのは、フィールド上に自然発生する魔物の巣窟《そうくつ》。

本来は魔力が集中する場所――魔物が多い場所にしか発生しないものだが、魔物から取れる魔石を利用することで人工的に造ることもできると聞いたことがある。

ダンジョンを生成するほどの強力な魔力を含有する魔石など簡単には想像できないが、長い歴史の中ではそんなこともあったのだろう。

「昨日皆さんが組んだパーティでそれぞれ実習をスタートし、ミッションをクリアするまでの成果を競ってもらいます。この実習で優勝したパーティが必ず出場しなければならない……というわけではありませんが、選出するパーティを決める材料になるはずです」

なるほど、シルファなりに色々と考えてくれたのだろう。

なぜか俺たちのパーティが有力という見られ方をしているが、他のパーティの方が良い結果を出すこともあるかもしれない。

他のパーティが優勝すればSクラスとしてはそれでいいし、俺たちが優勝すれば、俺を目立たせたいシルファにとってはメリットになり得る。

どちらに転んでもいいということだろう。

「詳しい話は明日、また説明します。それでは、今日は解散です」

こうしてショートホームルームが終わり、放課後になった。

他のクラスも一斉に終わったようで、廊下には人が溢れていた。

「アレン、放課後は何をしましょうか……」

「修行もあまり無理するのは良くないって言ってたわよね」

アステリア魔法学院には前世での部活動などのように放課後の課外活動もあるのだが、まだ一年生には案内が来ていない。

二人は時間を持て余してしまっているようだ。

「実は、昨日行きたいところがあったんだが……行けなくてな。今から行こうと思うんだが」

「え〜、一緒に行ってもいいですか⁉」

「やることもないし、私も行きたいわ！」

「一緒に行くのは全然構わないんだが、多分そんなに面白いところではないと思うぞ……？」

当然といえば当然なのだが、敷地内にはレジャー施設のような場所はない。

俺が行きたいと思っていたところは、なんの変哲もない図書館なのだ。

◇

「初めて中に来ましたけど、めちゃくちゃ広いですね！」

「本がギッシリ……こんなに立派だったのね」

「春休みの間は改修をしていたらしくて、一昨日まで入れなかったんだ。それにしても、なかなかだな」

百万冊以上の本が蔵書されていると聞く。

異世界では本は貴重なものだというのに、ちょっとした大学図書館並みの規模である。

さすがは名門魔法学院といったところだろうか。

「それで、アレンには何か目当ての本があるのですか？」

「特定の本というよりも、調べたいことがあったんだ」

「これだけ博識《はくしき》なアレンでもまだ知らないことってあるのね」

「そりゃな……」

俺をなんだと思っているのだろうか。

全知全能の神とかじゃないぞ？

前世は普通のサラリーマンなのだ。いくら『賢者の実』を食べたからといって、知らないこともある。

というより、あの実のせいで失ってしまったものを取り戻したいのだ。

「何を調べるのか教えてもらえたら、私もお手伝いしますよ！」

「そうね。これだけの数の本があると探すだけでも一人じゃ骨が折れそうだし」

「二人とも探してくれるのか!?　めちゃくちゃありがたいよ」

前世の図書館ならコンピュータを操作するだけで簡単に目当ての本を探し出すこともできたし、

なんならネット検索をすれば本を読まずとも情報を入手することができた。

こういった文明の利器《りき》がない世界では、頼れるのはやはり信頼できる仲間だけなのだなと実感する。

しかし……目当ての情報が載っている本を探してもらうためには、まず俺が隠していたことを告白しなければならないな。

変な人だと思われないように避けてきたが、寝食を共にする仲になったのだ。

そろそろ言っても問題ないだろう。

「実は、二人はまだ気づいてないかもしれないんだが……俺には常識がないんだ」

「ああ～、そうですね」

「え……うん。今更……？　多分みんな気づいてるわよ？」

なん、だと……？

俺としてはなるべくバレないように隠していたつもりなのだが、二人にはバレてしまっていたらしい。

まあ、でもそりゃそうか。

常識がないことがバレないほどに常識的な振る舞いができていれば、それは常識がある人間なのだからな。

ルリアとアリエル以外にも、知らない間に失礼なことをしでかしてしまっていたかもしれない。

変なことをしていたら言ってくれると助かるのだが、面と向かって常識がないとはなかなか言えないこともよくわかる。難しい問題である。

「ま、まあバレてるなら話は早い。今日は常識に関する本を読めば常識というものがわかるようになるかと思って来たんだ。頼めるか？」

「その発想がやや常識離れしている気がしますが……わかりました！」

「探してみるわ」

「助かる」

俺とルリア、アリエルは三手に分かれて常識に関する本を集め始めた。

タイトルからそれっぽいものを確認し、中身をパラパラと確認して精度を高める。

そうすること約一時間——

「結構集まりましたね！」

「一日一冊読むとして……一年くらいはかかりそうね」

図書館の机の上には、大量の本が山積みになっていた。

普通ならばこれだけの本を読まなければならないと思うと億劫《おっくう》になるものだが、俺はワクワクしていた。

これさえ読めば、失ってしまった常識を取り戻すことができるのだ。

様々な知識や力の代償として失ってしまった『常識』。

今のところは決定的に困るハメにはなっていないのだが、日々少しずつストレスを感じてしまっている。

人と違うということによるストレスは想像以上に大きかった。

さすがに受けた恩恵の方が多いようには思うが、だからといって『生きにくさ』という溝が自動的に埋まるわけではないのである。

「さて、じゃあ早速読むか」

俺は一冊目の本『一〇日でわかる常識大全』を開いた。

前書きから始まり、目次、内容、後書きと前世で一般的だった書籍構造と同じだった。

黙々と読み進めていき──

「ふう、なかなかボリュームのある内容だったな」

「も、もう読み終わったのですか!?」

「まだ一分くらいしか……その本、二七〇ページくらいあるわよね!?」

「え、ああ。でもそんなに速かったか？」

俺としては新鮮な内容だったので、やや時間がかかってしまったように思うのだが。

「どうしてそんなに速く読めるのですか……？」

「うーん、あんまり深くは意識してないんだけど……強いて言うなら文字を単語ごとに読むんじゃなくて、ある程度まとめて読んでるから速いのかもな」

「まとめて読む……ですか？」

「もう私、何が何やら……」

そんなに難しいことをしているつもりはないのだが……。

「あ、もしかしてですけど……一回読んだことがある内容だから速いのではないですか？」

「そうだとしても速すぎるけどね……」

どうやら、ルリアからは少し疑われているようだった。

本当に今初めてこの本を読んだのだが……。

「うーん、ならどこからか適当に本を持ってきてくれ。このスピードで読めないなら、さすがに百万冊の本を読み切るってのは無理だろ？　読んだ後に、ルリアが問題を出して俺が答える。これで証明できないか？」

「な、なるほど……わかりました、受けて立ちます！」

ルリアはニヤッと笑って、本を探しに行った。

俺としては実際に読めているのだから証明する必要などないのだが、他にやることがあるわけでもない。

ルリアが本を選んでくるまでの間、机の上に山積みになった本を次々に読んでいった。

そうすること約三〇分後。

「見つけてきました！　二週間前に発売したこの本ならアレンも絶対に読んだことがないはずです！　アリバイがありますから」

「確かに、それなら絶対だわ」

なるほど、上手いこと考えてきたものだな。

奥付を確認すると、確かに二週間前の日付で『初版第一刷発行』と書かれている。

内容についても、料理と魔法に関することだった。

これなら、俺が知るわけがない。

本選びに三〇分もかかったのは、発売が近い本を探すのに手間取ったのだろう。

「じゃあ、今から読むぞ」

俺はさっきと同じ要領で次々とページをめくり、本を読み進めていく。

こうして一分が過ぎた頃――

「読み終わった」

「は、速いですが……まだ内容を理解しているとは限りませんね」

ルリアは本の中から適当なページをめくる。

「では、一三三ページにはどんな内容が書いてありますか？」

答えられるわけがないとでも言いたげな自信満々の表情のルリア。

しかし、残念ながら俺は本当に内容を読み、今の時点では完璧に覚えている。

答えは――

「何も書いてない……だろ？」

確か、一三三ページは白紙だったはずだ。

この本の場合、新章に移る場合は必ず右ページからスタートしていた。

全八章のうち、一三二ページが四章の最後だったから、一三三ページは何も書かれていないことをよく覚えている。

「せ、正解です……ほ、本当にあの短期間でこの量を……アレンは凄まじいです……」

「やっぱり常識から外れてるわね……」

あれ？　三〇冊以上の常識に関する本を読んだ直後なのだが、まだ常識が身についていないというのか……？

先は長そうだな……。

◇

アレンが常識に関する本を読み漁ってから帰ったことで、三人が学院寮に戻ってきた時には既に二一時だった。

部屋にはシャワーがあるのだが、この時間ならまだギリギリ学院寮の浴場が入れる……ということで、アレンと分かれてルリアとアリエルは浴場に来ていた。

高級な石造りの浴槽から湯気が立ち上っている。

「やっぱり浴場いいですね～！　広いです！」

「そうね。この時間だともう誰もいないみたいだし、二人占めにできそうで良かったわ」

二人はそれぞれ身体を洗ってから浴槽に入った。

少し熱めのお湯だったが、図書館からの帰りで身体を冷やしてしまった二人には心地良かった。

「ああ～、生き返ります～」

「今日は初めての講義で疲れたし、ゆっくり湯船に入れて良かったわ……」

「その後の本探しも結構大変でした……」

「そうね。五分くらいかけて探した本を一分で読んじゃうアレンもアレンだけど……」

二人だけの時なのに、不思議とアレンの存在が出てくる。

アステリア魔法学院の学院寮では、同じ部屋に男女が泊まることまでは許されているが、混浴《こんよく》は許されていない。

そのため、ここは女子風呂でありアレンは男子風呂で寛《くつろ》いでいる。

「あの、気になってたんですけど……アリエルはアレンのことどう思っているのですか？」

「ど、どうって……？」

「その……好きとか好きじゃないとか……ぶくぶく」

ルリアは自分で質問しておきながら恥ずかしくなり、顔を湯船《ゆぶね》に沈めてしまう。

そのせいではっきりとした質問にはならなかったが、アリエルが真意を理解するには十分だった。

「そ、そうね……考えたこともなかったわ」

アリエルは顔を赤らめ、反射的にそう答えた。

しかし、これはアリエルの正直な気持ちではない。

どう答えて良いのかわからず、ルリアの反応を様子見するつもりでそう答えたのだった。

明確にアレンのことを好きだと認識するほどに深く考えてはいなかったが、聞かれれば好きという感情しか出てこない。

「ルリアはどうなの？」

「わ、私ですか……私も、そこまで考えてなくて、ちょっと気になっただけです……ぶくぶく」

質問が自分に返ってくることも想定しておくべきだったが、答えを用意していなかったルリアは急な切り返しによりテンパってしまう。

ルリアにもまたアレンは気になる存在だった。ルリアの観測範囲では、自分の他にアレンの身近にいる女性はアリエルのみ。

そのアリエルの反応次第で、これからどのようにアレンと接するかを考えようと思っていた。

「で、でも」

「な、なんですか……？」

「どんな形になったとしても、ルリアとはずっと仲良くしたいかな……」

「……っ！　私もです……っ！」

ルリアもアリエルも、言葉と思いが違う可能性があることはわかっていた。

しかし、二人のどちらか、あるいは両方がアレンを好きでいたとしても、アレンがどのような選択をするのかはわからない。

まだ出会って長くはないが、一緒に毎朝の修行をこなしたり、寝食を共にしたりと誰よりも密度の濃い時間を過ごしてきた仲間であることはお互いによく理解している。

だからこそ出てきた言葉だった。

「じゃあそろそろ上がりましょうか」

「そうですね！　まだ時間はありますけど、なんだかのぼせちゃいそうです」

第七章　ダンジョン

翌日の朝九時すぎ。

俺たちSクラスの学院生は、担任であるシルファに連れられて地下ダンジョンに繋がる階段の前に来ていた。

「この階段の先がダンジョンに繋がっています。これからミッションについての説明をするので、よく聞いてくださいね。……と、その前にこれを配ります」

シルファは、各パーティのパーティリーダーに一枚ずつ紙を手渡していく。

俺も紙を受け取ったので確認すると、そこには地図が描かれていた。

ダンジョン全体を模《も》した地図というわけではなく、どこかの階層だけを示しているようだった。

「まず初めに、学院生であるあなたたちを死なせたくはありません。ですので、使用するのは地下ダンジョンの中でも既に攻略されている第一層から第一〇層までとなります。それでも危険は伴いますから、細心の注意を払ってくださいね」

なるほど、当然と言えば当然だが、既に地下深くまで攻略済みなんだな。

だとしてもこの言い方だとまだ攻略されていない階層が残っているように聞こえてしまう。

一般的なダンジョンは一〇層辺りで打ち止めであり、最終層のボスを倒すことで無事ダンジョン踏破《とうは》となることを考えると、このダンジョンはかなり大きなものであることがわかる。

階層が多いダンジョンのボスは強力だといわれているから、もし本格的に攻略しようとする者がいれば大変な苦労があることだろう。

「皆さんには、まず地図に書かれた第一層の地点に移動してもらい、私の合図でミッションを始めます。第一〇層に設置された旗を持ち帰ってきてもらいますが、そのスピードを競ってもらいます」

なるほど、さっき渡されたこの地図は第一層のスタート地点を示したものだったということか。

「ただし、ただ速いだけでは足の速い人が勝ってしまいますから、面白くありません。魔物を倒した数も評価に入りますので、パーティで協力してたくさんの魔物を倒しつつ、早く地上へ帰還《きかん》するようにしてくださいね」

そう言った後、シルファはまた一枚ずつパーティリーダーに紙を配った。

紙には、地上に帰還した順位によるポイントと、魔物を倒した際に得られるポイントが記載されていた。

【帰還した順位】
・一位：10000ポイント
・二位：8000ポイント
・三位：5000ポイント

・四位：３０００ポイント
・五位：２５００ポイント
・六位：２０００ポイント
・七位：１５００ポイント
・八位：１０００ポイント
・九位：５００ポイント
・一〇位：０ポイント

【魔物を倒した数】
・第一層～第三層：１ポイント
・第四層～第六層：１０ポイント
・第七層～第八層：５０ポイント
・第九層～第一〇層：１００ポイント

※注意事項
「魔物を倒した数」は証明が必要です。魔物の一部を持ち帰ってください。

なるほど……なかなか良い塩梅で決められているな。

旗を取った後、深い階層で魔物を狩っていると戻るのが遅くなってしまう。

かといって浅い階層で魔物を狩っていると、魔物によるポイントを損してしまう。

本当にパーティごとの考え方によるところが大きそうだ。

「帰還までの制限時間は三時間です。どのような作戦でも構いません。皆さん、頑張ってくださいね」

シルファがそう言い、ダンジョンへ繋がる扉の鍵が開けられた。

ゾロゾロと三～四人組のパーティが指定された地点へと歩いていく。

「アレン、作戦どうしましょうか？」

「魔物重視か、スピード重視か……よね」

二人はシルファが用意した二択に頭を悩ませていたようだ。

実は、あれはどちらかを選べという問題ではないと俺は認識している。

「両方重視すればいいだけだろ？」

俺がそう言うと、ルリアとアリエルの二人は口をぽかんと開けていた。

何か変なこと言っただろうか？

「それはつまり……どういうことなのですか？」

「言葉のままだぞ。一番速く旗を取りに行って、第一〇層でどのパーティよりも多く魔物を倒す。

そして一番乗りで地上に帰ってくるんだ」

これの何が難しいのだろうか。

極めてシンプルだと思うのだが……。

「ま、まあそうですね」

「まあ、アレンだものね」

なぜか呆れられている気がするのだが、気のせいか……？

まあいい。

「よし、俺たちのスタート地点はここだな」

そんな会話をしているうちに、地図で示されたスタート地点に着いた。

ダンジョンの内部は前世のファンタジー系ゲームでよく出てくる感じの様相だった。洞窟のようになっており、松明《たいまつ》がメラメラと燃えてくれているおかげで視界が確保できている。

開始の合図はシルファが笛の音を鳴らしたタイミングなので、まだ時間はありそうだ。

その間にできることをやっておくか。

俺は、考えなしに『両方重視』などと言ったわけではない。

一見無謀《むぼう》に見えたとしても、確かな戦略があれば十分に現実的な作戦になり得る。

約一〇秒ほどかけて俺の魔力を薄く延ばし、第一層全体に張り巡らせる。

こうすることで、ダンジョンの構造を分析するのだ。

シルファからもらった第一層の地図には、第二層へと繋がる階段部分が意図的に消されている。

つまり、この時間を短縮できればかなり早く第一〇層に到達することも現実的になる。

ダンジョンの体積は有限かつそれほど大きくないため、俺の魔力量なら第一層全体を包み込む分には余裕で足りた。

全ての構造分析が終わった瞬間――

「ピー！」

ミッション開始の合図であるシルファの笛の音がダンジョンに鳴り響いた。

「ルリア、アリエル。こっちだ」

「え？　あ、はい！」

「そっちでいいの？」

俺は無駄なくダンジョン内を駆け巡っていく。

途中で何度か別のパーティとも遭遇するが、どうやら他のパーティはしらみ潰しで第二層への階段を見つける作戦らしい。

「なんだかアレン……迷いがないですね？」

「もしかしてダンジョンの中がどうなっているか分かっていたの？」

「ああ、さっき笛が鳴る前に調べたからな」

二人も俺がなんの当てもなく進んでいるわけではないと気づいたらしい。

「さ、さっき⁉」

「あの一瞬でどうやって……？」

「まあ、やり方は後で教えるよ。それよりも、今はミッションが優先だからそっちを考えてくれ」

「そ、そうですね……わかりました！」

「本当にアレンってなんでもありなのね……」

まあ、他のパーティが時間をかけているおかげで、こんな会話ができるくらいには余裕があるのだが……。

「あっ、魔物がいました！」

「アレン、魔物はこっちで対処するわ」

「頼んだ」

俺はただひたすらに分析結果から得られた最短ルートを突き進み、道中の敵はルリアとアリエルの二人が倒していく。

二人とも、修行の成果があったようで――

ドオオオオンンン!!

ダンジョン内に火球による爆発音が鳴り響く。

安定して無詠唱で高火力を出せるようになったようだ。

俺の目から見ればまだまだ腕を上げるポテンシャルはあるのだが、短期間でよくぞここまで仕上げたものだなと感心させられる。

後でちゃんと褒めておこう。

「素材はどうしますか？」

「第一層の魔物はたった1ポイントだし、放っておけばいいと思う」

「そうですね、わかりました！」

二人が協力して魔物を倒してくれているおかげで、かなりの高スピードで第二層へ繋がる階段が見えた。

張り巡らした魔力で階段周辺を監視していたのだが、まだ誰もここには来ていない。

俺たちが一番乗りだった。

「スタートしてからまだ五分も経ってないわよ……すごすぎるわ！」

「私もアレンみたいにできるようになりたいです～！」

なぜか二人とも褒めてくれるが、本当に大したことはしていない。

やり方さえ教えれば無詠唱魔法を覚えた二人ならすぐにできる程度のものなのだからな……。

まあ、褒められることに関しては悪い気はしないので、構わないのだが。

こうして、俺たちは第二層へ足を進めた。

◇

さっきの手順と同じように第二層全体に俺の魔力を張り巡らし、第三層への道を探る。

「こっちだ」

俺は二人を誘導し、次々と迷路のようなダンジョンを攻略していった。

第二層は第一層と魔物の質は大して変わらない。

二人に任せて、次へ次へと進んでいく。

「も、もう階段なの!?」

「早すぎですよ!?」

「今回は近かったからな」

そして、なんの問題もなく第四層へ。

その後は特筆することなく同じ手順で突き進み、第九層に到着した。

「……っ！」

「て、手強くなってきたわね……」

第八層までの魔物は苦戦することなく一撃で仕留めていた二人だったが、ここに来てやや苦戦するようになってしまった。

一撃では倒せず、何度か攻撃を当ててなんとか倒し切れてはいる。

確かに俺の目から見ても第八層と第九層は、敵の質がやや変わっているように感じた。

シルファが設定した魔物のポイントを見ても、第九層と第一〇層は100ポイントと他の階層の魔物に比べて桁違いにポイントが高い。

それだけ手強《てごわ》くなっていることの証左《しょうさ》だろう。

苦戦しているとはいえ倒せているので特に問題はないのだが、二人を見ていると勿体《もったい》なく感じてしまう。

やり方次第でルリアとアリエルならまだ余裕で倒せるはずなのだ。

「今の二人じゃ力技ではどうにもならないかもしれないけど、ちょっと工夫すればどうにでもなるぞ」

俺はそう言いながら、ルリアとアリエルが理解しやすいよう手本を見せる。

目の前にいる魔物——金色の狼《おおかみ》に出力を抑えた火球を無詠唱で放つ。

ドゴオオオンンンンッッッッ!!

この威力では、本来あの魔物を一撃で倒すことはできない。

しかし——

「す、すごいです……私たちと同じくらいの威力だったはずなのに、一撃で……」

「瞬殺だったわ……信じられない……」

二人ともかなり衝撃を受けているようだった。

無理もない。本来ならこれは、賢者の実による知識がないと難しいからだ。

「魔物の弱点を狙って攻撃したんだ。今回の場合は、狼の首の部分。基本的に多くの魔物は首に神経が通ってるから、その神経を切断するようなイメージで攻撃すれば大ダメージを与えやすい」

「シンケイ……というのはよくわかりませんが、とにかく弱点になりそうな部分を狙えばいいんですね！」

「首や胸に攻撃をするとダメージが入りやすいとは聞いたことがあるわ。でも、敵の動きが素早くてなかなか……」

確かに、この世界でも『なんとなくこの辺が弱点だろう』ということはわかっている。その部分を攻撃することに課題があるのだ。

「それは、目で見てるから追えなくなるんだ。目じゃなく、魔力を感じ取れば追えなくなることはない。そのための練習を二人はしてきただろ？」

無詠唱魔法とは、体内の魔力を詠唱に頼らず意図的に操作して使う魔法のこと。

実はかなり高度なことをしているのだが、それに比べれば対象の魔力を感じ取るくらいは難しくないはずだ。

「あっ！　なるほどです」

「確かに、それならできそうかも……？」

二人とも気づいたようだ。

ちょうど別の魔物が二体同時に出てきたので、様子を見守ることにしよう。

ルリアとアリエルはそれぞれの魔物と対峙し、俺のアドバイスに従って魔力の動きを視《み》ていることが伝わってくる。

というのも、魔力の動きを視るというのは俺がダンジョンの構造を調べていた時と同じように自分の魔力を薄く広げて反応した部分の影を追うことだからだ。

俺も邪魔にならない程度にこっそり魔力を広げて確認している。

「視えます！　魔力の影が視えました！」

「私も視えたわ。なるほど……さっきアレンがダンジョンの構造を確認してたのも同じ原理なのね。仕組みがわかっても魔力量が違いすぎて真似できる気がしないけど……」

そんなことを言いながら、二人は無詠唱で火球を放った。

ドゴオオオンンンン!!

ルリアの攻撃は首に、アリエルの攻撃は胸にそれぞれ命中。

無事に急所への攻撃に成功し、一撃で第九層の魔物を葬ることに成功したのだった。

「言っただろ？　できるって」

「ほ、本当にできました！　アレン、ありがとうございます！」

「アレンのアドバイスのおかげよ。色々とレベルアップした気がするわ」

「そうか、それは良かった」

無詠唱魔法の修行においては、俺は師匠の立場に当たる。

弟子である二人が成長してくれることは、自分の成長以上に嬉しく感じてしまう。

ふっ、俺だってまだまだ成長途中なのだから、これで満足していてはいけないのだがな。

◇

「――よし、これで旗はゲットだな」

順調に第一〇層に進み、旗の場所を探してみたところ、第一一層へ繋がる階段の手前に赤色の旗が一〇個横並びで置かれていた。

次の階層へと繋がる階段周辺は魔物が寄り付かないので、ここに置いたのだろう。

「あっさり旗まで来ちゃいましたね。後は魔物をどれだけ倒すかですが……今の時点で何体倒してましたっけ」

「ちょっと確かめる」

俺はアイテムスロットからドサドサと第九層と第一〇層で倒した魔物の死骸《しがい》を取り出した。

第九層からの魔物はポイントになるので持ち帰りたいが、解体には時間がかかるのでそのまま持ち帰ってしまおうと考えて丸ごと詰め込んでいった。

「全部で二〇体。一体につき200ポイントだから、これで2000ポイントだな」

「結構倒したのね。……このまますぐに戻ってもなんとかなりそうな気もするわ」

「私もそう思います！　他のパーティが魔物で1000ポイント取っているとは思えないです……」

二人は揃《そろ》って今の時点で優勝は間違いないだろうという見解だった。

他のパーティも普通にこれ以上の魔物を倒すのではないか？　——と考えると念には念を入れてもう少し魔物を倒してから帰還した方がいいんじゃないかと思うのだが、常識のない俺のことだからこれも非常識なのかもしれないな。

図書館で勉強した結果、俺の常識のなさはマナーというよりも感覚値《かんかくち》のおかしさに起因《きいん》している気がする。

俺が普通だと思ったことは大抵普通ではないので二人を信じた方が良さそうだ。

「なら、大人しく戻るとするか。でもまだ時間もあることだしちょっと気になってたことを調べてからでもいいか？」

「気になってたこと……ですか？」

「ええ、もちろん構わないけど……こんな変わり映えしない景色で気になることなんてあったかしら」

「ああ、ちょっとな。ついてきてくれ」

第一〇層の旗を探す際、他の階層と同じように魔力により階層内の構造を調べた。

その時に、気になる部分を発見した。

なぜか、何もない壁から延びる通路のような影が見えたのだ。

通路は壁により塞《ふさ》がっているから、壊さない限り目視することはできないものだし、そもそも通路は途中で切れてしまっているので、まるで開発を諦めたトンネルのような様子。

ダンジョン内にこんなものができるのは面白いので、一度この目で見たいと思ったのだ。

謎の通路……おそらくただの行き止まりなのだろうが、こういったものを調べるのは妙《みょう》に少年心をくすぐられる。

「ここだ」

俺は、一見ただの壁にしか見えない場所をコンコンと叩く。

すると、普通の壁の反射音ではなく、中で反響するような音が聞こえた。

「普通の壁にしか見えないですけど、確かに何かがありそうです」

「ここに空洞《くうどう》があるということかしら。ダンジョンの中にこんな空間があるものなの？」

「普通はないはずなんだが、実際に存在してしまってるみたいだからな。……まあ、俺もよくわからないからこの目で確かめたいってわけだ」

そう言って、俺は空洞に繋がる壁に火球を放った。

ドゴオオオンンンンッッッッ!!

パラパラ……と岩の壁が崩れ、予想通りパックリと空いた空間が見えた。

中を覗くため、空洞の中に足を踏み入れる。

空洞の先は通路のようになっていたが、約三メートルほどと本当に短かった。

しかし、その先には奇妙なものがあった。

蒼く禍々しく輝く渦巻き型のもや。

「な、なんですかこれ!?　ダンジョンの中にポータルですか……？」

ポータルというのは、ダンジョンの入り口にある通常の世界との境界線。

さっき、地上からこの地下ダンジョンに入る際に見たばかりなので、見間違えるはずもない。

「つまり、ダンジョンの中なのに、ダンジョンがあるということよね……？」

「ああ、俺も情報としてしか知らないが、強力な魔力を持つダンジョンは稀に二重ダンジョンができることがあるらしい。それなのかもしれないな」

というより、他に原因は考えられない。

「二重ダンジョンって、普通のダンジョンなのですか？」

「例が少なすぎてよくわからないみたいなんだ。普通のダンジョンに繋がっている場合もあれば、普通じゃないダンジョンに繋がってる場合もあるらしい。まあ、見てのお楽しみってことだろう」

「なるほど……どうしましょうか」

「一度戻って先生に確認を取ってからの方がいいわよねって、アレン何入ろうとしてるのよ⁉」

俺が身体の半分だけポータルに入ったところでアリエルからそんなことを言われてしまった。

「確認を取ったらダメって言われるパターンだと思ってな。二重ダンジョンがどんなものか気にならないのか？」

「た、確かに止められそうですが……」

「まあ、気になるわね」

「なら、決まりだな。危なくなったら逃げればいいんだし、気にすることはないよ」

そう言って、俺は二人を連れて二重ダンジョンの中に入った。

◇

二重ダンジョンの中は、円柱型の部屋になっていた。

しかもこの部屋から次の部屋へ繋がる扉や通路がなく、完全な行き止まり。

最奥《さいおう》の巨大な砂時計の前に銀色の剣が刺さっていること以外は、特筆することがない場所だった。

「こんなダンジョンもあるのですね……」

「普通じゃないダンジョン……ではあると思うけど、魔物がいないダンジョンなんてあるのね」

「特殊とはいえ、魔物が一切出てこないというのはさらに特殊だろうな」

壁や床をコンコンするなど隈《くま》なくダンジョンの内部を調べてみるが、特にこれといったものはなかった。

すると、やはり自然と砂時計とその前にある剣に注目してしまう。

「うーんんんん……抜けません」

ルリアが剣を引き抜こうとしてみるが、地面に完全に埋まっているせいか抜けないようだ。

「私がやってみるわ」

アリエルが交代で剣を引き抜こうとするが、やはり抜けない。

見たところ半分ほどは埋まっているようだが、頑張れば抜けないほどではないように見えるのだが……。

「ダメね。これ、剣先がめちゃくちゃ長いのかしら……？」

「アレンもやってみてください！」

「ん、俺もやるのか？　まあ、やるだけやってみるか」

確かに男の俺なら二人よりは力があるだろうし、抜ける可能性もなくはないかもしれない。

抜けたところで地面にずっと埋まっていた剣が使い物になるのかどうかは知らないが……。

剣の柄を握り、無理やり引き抜こうと力を込めてみる。

「……っ！」

しかし、同様にビクともしなかった。

「アレンでもダメなんて……！」

「いや、ちょっとわかったかもしれない」

これだけの力を込めて抜けないということは、これは筋力で無理やりに抜けるという性質のものではないだろう。

そして、さっきからこの剣から反発するような魔力を感じる。

魔法による位置固定が行われている状況で人間がどれほど力を込めても抜けなくて当然だ。

「これならどうだ？」

俺はありったけの魔力を剣に注ぎ込んだ。

反発する剣の魔力を抑え込み、さらに俺の魔力を押し通すようなイメージだ。

すると――

ピキピキピキピキ……。

剣が刺さった周辺の地面にヒビが入り、ゆっくりと剣が地上に顔を出した。

まるで宙に浮くかのように地上に出てきた剣だが、完全に剣先が地面から離れたところで浮力を失い、コロンという音を立ててその場に転がった。

「ぬ、抜けてしまいました……！」

「ど、どうやったらこんなことが……？」

「筋力で無理やり引き抜くんじゃなくて、魔力でこじ開けるようなイメージだったかな。かなりの魔力が要るみたいだけど」

そんな説明をしながら、地面に転がった剣を拾い上げる。

「……っ!?」

持った瞬間。

急に身体が軽くなり、漲《みなぎ》る力を感じるようになった。

宝具《ほうぐ》――と呼ばれる装備の中には、所有する者の能力を引き上げてくれる性質があるものがある。

非常に珍しいものだが、二重ダンジョンという非常に特殊な空間ならば、あってもおかしくはないのかもしれない。

とはいえ、膨大な魔力が必要だったといっても、これほどの性能の宝具がこんなにも簡単に手に入ってしまうなんて――

と思ったその時だった。

ガシャン!

という音が鳴り、サーと砂が落ちる音が聞こえてきた。

「す、砂時計が動き始めました!」

「急に動いたわよね……へ、変なことも起きるもの……って、なんか何もないところから魔物が!?」

突如起こったことの情報量が多すぎて、二人は状況を把握しきれていないようだった。

俺もよくわかってはいないのだが、状況的にこんなところだろう――程度のことは言えるので、二人に説明をすることにした。

「この剣を地面に封じていたのは、そこにある砂時計のはずだ。この剣を抜いたことがトリガーになって砂時計が動き出し、このダンジョン本来の魔物が出現したということだろう」

　この剣は単体でも強い魔力を感じるが、さっき引き抜いた時に感じたほどの反発を感じない。

……ということは、この剣を封じていたのは剣自体ではなく、砂時計ではないか——という程度の推測《すいそく》だが、おそらくこれは正解のはずだ。

「この剣を無事に持ち帰りたければ、出てきた魔物を倒せ——ということなんだろうな」

「な、なるほど……。それにしても、魔物の数が多すぎます！」

「一瞬で軽く一〇〇体は出てきてるわよ!?　しかも、強力な魔力を感じるわ……」

　確かに、第九層と第一〇層にいた魔物より一回り強い魔力を感じる。

　二人も見ただけでここまで判断できるようになったとは……大したものだ。

「さすがに二人でこれは無理だな。ここは俺がなんとかするから、アシストを頼む」

「わ、わかりました！」

「アレンの邪魔にならないように攻撃するわ！」

　俺はさっき手に入れたばかりの剣を右手で強く握り、駆け出した。

　魔法師としての修行をしてきた俺だが、実は剣も同じくらいには扱える。

　剣を持つ敵と戦うことも考えて、魔法師だとしても剣がどのような性質を持つのか、どのような動きをするのかを知る必要があったのだ。

　そんな理由から、俺の父——レイモンドからは剣の修行ばかりをさせられていた記憶がある。

素振りを一〇〇〇〇回やれ——とかな。

今思えば魔法師として大成しないようにするための嫌がらせだったと思うのだが、ここに来て役に立ちそうだ。

それに加えて、前世での俺はゲームというものを暇があればやっていた。

剣での戦闘の経験値はもう十分に溜まっている。

これまでの努力がまさかこんなタイミングで実を結ぶことになるとはな……。

人生とは何があるのかわからないものだ。

「——こんな感じだな」

俺は小さく呟き、剣を横薙《な》ぎに振った。

ザンッ!!

と音が鳴ったと同時に、十数体の魔物が一斉に絶命した。

『賢者の実』により努力が報われ能力値に反映されたため、身体的にもかなり強くなっている実感はある。

しかし、それとは別にこの剣自体の性能も非常に高かった。

切れ味の良い包丁でカボチャをストンと切るかのごとく使いやすいのだ。

魔力を乗せて剣を振っているのだが、流れる魔力が俺の意図通りに滑らかな動きをしてくれる。

さらに剣自体の切れ味もずっと地面に埋まっていたとは思えないほどに良い。

この両方が噛み合うことで、大量の魔物を一度に一掃できていた。

最初は数百体いた魔物たちだが、一〇分が過ぎる頃には半分を切っていた。

しかし――

「倒しても倒しても魔物が湧いてきます……」

「こんなの、ジリ貧《ひん》じゃない……」

「いや、そのうち終わると思うぞ」

俺は、砂時計を指さした。

「だんだんと砂時計から感じる魔力が小さくなっている感覚がある。多分だが、あの砂時計は魔物が湧く残り時間を示しているんじゃないか？」

「魔力が小さくなっているのですね！」

「なるほど……となると、あと三〇分くらいかしら。着実に進んでいるのね」

俺が大雑把《おおざっぱ》に敵を薙ぎ倒していき、俺が討ち漏らした敵を二人が協力して倒してくれる。

――そんなスタイルで延々《えんえん》と戦うこと三〇分。

ついに、砂時計の砂が全て落ち切った。

魔力が感じられなくなり、魔物の出現も止まった。

「これで、最後だな」

ザンッ！

ラスト一体の魔物にトドメを刺すと、先ほどまで騒がしかった二重ダンジョンの内部は静かになった。

「ようやく終わりましたね！」

「アレン、ルリア、お疲れ様」

「二人ともありがとな。細かいところを助けてくれたおかげでかなり楽ができたぞ」

倒した魔物の死骸をアイテムスロットに収納する。

二重ダンジョンの魔物が約一〇〇〇体。

これは第一〇層の魔物としてカウントされるのかどうか不明だが、カウントされるのだとすれば途方もないポイントになりそうだ。

「た、大変です！　制限時間まであと二〇分くらいしか……！」

「もうそんなに時間が経ってたの!?」

「ここでなんだかんだ一時間くらい時間を使ったからな……。長期戦が終わったところで悪いが、走って戻るぞ。急げば間に合うはずだ」

「は、はい！」

「そうね、失格になるのは勿体ないわ」

俺たちはついさっきの戦闘で疲れ果てた身体にムチを打ち、大急ぎで地上を目指した。

◇

「一〇……九……八……七……六……五……四……三……二……あっ、アルス君たち無事に帰還ですね。お疲れ様です」

地上に戻ると、シルファがミッション終了のカウントダウンをしているところだった。

なんとか二秒前に地上に戻ることができたが、かなり危なかったようだ。

既に他のパーティは地上に戻ってきているようで、一番を目指していたというのに俺たちは最下位になってしまったようだった。

「一位で帰還したのはランド君のチームですね。優勝候補ですが……魔物の素材数によって順位は変動してしまいます。それでは、皆さん魔物の素材を出してくださいね」

シルファの指示により、一斉に周りのパーティが素材を取り出す。

「なるほど……皆さんあまり魔物は倒さなかったのですね」

確かに、シルファの言う通り皆持ち帰った素材の数は少なかった。

「第一〇層に時間内に辿り着くだけでもかなりの時間がかかってしまいましたから、あまり魔物の素材を集める余裕がありませんでした。それに、実は第九層からは他のパーティ――アルス君のところは除きますが、それ以外のパーティと協力して進んだんです。素材も均等《きんとう》に分けたので、こんなところです」

黒眼鏡がどこか知的な印象を与える少年――ランドがそう答えた。

「なるほど、そうだったのですね！　色々な進め方があって良いと思います。先生個人的には、敵である別のパーティと協力して進めたというのは学院生らしくてすごく良いと思います」

それから各パーティごとに持ち帰った素材をシルファが点数化し、紙にメモしていった。

「あれ？　アルス君たちのパーティは素材を持ち帰らなかったのですか？」

俺たちの魔物の素材を訝しんだシルファがそう尋ねた。

「ああ、俺たちのはちょっと数が多いのと、大きくてな。向こうにまとめて出してもいいか？」

「え、ええ……それは構いませんけど」

許可を得られたので、Sクラスの面々からは少し離れた場所に向かう。

アイテムスロットから大量に集めた魔物を一気に放出し、山積みにした。

数え切れていないが、おそらく一〇〇〇体くらいはあるはずだ。

「な、な、なんですか……えええええええ!?」

講師らしく落ち着きを持って話していたシルファだったが、素が出てしまったらしい。

「ど、どうやってこれほどの魔物を持ち帰って……いや、その前にどうやって倒したの……？」

シルファだけでなく、他のパーティもざわざわとし始めた。

「アルスのパーティなのに遅いと思ってたらこんなことになってたのか……」

「ヤバすぎるぜ……」

「同じミッションをしていたとは思えないわ……」

驚いていたシルファが正気になり、魔物の分析を始める。

「……これ、本当に第一〇層までで倒した魔物ですか？」

「ああ、それは間違いない。ちょっと特殊な空間があったからそこに入ったけどな」

俺はシルファに二重ダンジョンを見つけ、そこをクリアしてから戻ってきたことを伝えた。

「ま、まさかそんなことが……。この魔物は第一一層以降の階層に出てきてもおかしくないほど強力な魔物です。それをこの数……」

塔のように山積みになった魔物の死骸をシルファはぼうっと眺めた。

「あっ、それで点数ですが、本来なら一体につき200ポイントくらいで評価するのが妥当でしょう。しかし今回は上限を100ポイントとしているので、100ポイントで計算します。これって何体いますか？」

「数えてないが……一〇〇〇体はいると思うぞ」

俺がそう言うと、どよめきが起こった。

「一〇〇〇体……ということは、単純計算でも10万ポイントになりますね……」

一位での帰還時に得られるポイントが1万ポイント。

俺たちは一〇位での帰還だったから0ポイント。

普通ならここからの逆転は難しい。

しかし——

「優勝はアレン君のチームで決定のようですね……！」

どうやら、魔物の数によるポイントだけで優勝が決まったようだった。

「アレン、やりましたね！」

「帰還はビリだったけど、良かったわね」

「ああ、ちょっと安心したよ」

シルファからも期待されていたことは伝わってくるし、嬉しいというよりもホッとしたという気持ちの方が大きかった。

「それでは、クラス対抗戦の出場メンバーを決めようと思うのですが……」

優勝パーティの発表の後、シルファはすぐにこの話を切り出した。

今日の地下ダンジョンミッションの当初の理由は、土曜日に行われるクラス対抗戦の代表パーティを選ぶことにあった。

もともとクラスメイトたちは俺たちアルスパーティを推薦する意向だったようだが、どうなるか

――


という心配は杞憂のようだった。

「この圧倒的な実力を見せられちゃなぁ」

「やっぱり、代表に相応しいのはアルス君たちだと思います！」

「代表はアルス君のパーティで決まりでしょ～！」

どうやら、クラス対抗戦の代表パーティは俺たちで決まったようだった。

◇

その夜、学院長テルサはアレンがSクラスの代表――それもパーティリーダーとしてクラス対抗戦に出場することを部下から聞かされた。

しかも地下ダンジョンのミッションではとんでもない成績を叩き出したというのだから、尚更《なおさら》悩む他なかった。

「ぐぬぬ……もしワシがこき下ろしたやつのパーティが優勝するなんてことにもなってみろ。ワシの面目は丸潰れではないか」

入試の成績が良いことはオーガスをはじめ改革派の連中には聞かされていたが、実際にこの目で見たわけではない。

はっきり言って、庶民だからと甘く見ていたところがあった。そもそも例年の主席入学生でさえ、これほどのパフォーマンスを発揮することはない。

アレンの存在は、普通のファクターでは捉えきれない規格外の存在だと認めるしかなかった。

しかし、そうだとしても学院長にもプライドがある。

成績優秀者が集まるSクラスが優勝すること自体にはなんの問題もない。しかし、アレンを目立たせるわけにはいかないのだ。

「ううむ……む、そうじゃ！」

学院長はとあることを思いつき、嬉しそうに顔を歪《ゆが》めた。

これなら、Sクラスがたとえ優勝したとしてもアレンの活躍によってではなく、アレン以外のメンバーが活躍したことによる勝利という展開に持ち込める。

学院長は早速あるものを手配した。

◇

クラス対抗戦を明日に控えた金曜日の夜。

学院の講義が終わった後、俺とルリアとアリエルの三人で料理を作ることになった。

これまで忙しさからほとんど食事は学院内の食堂で済ませていた。

稀に部屋の中で料理を作ることもあったのだが、ルリアとアリエルの二人が料理をしてくれていたので、キッチンに立つのは実は今日が初めてである。

とはいっても、実家では毎日俺が料理をしていたし、前世でもたまに気が向いた時に料理をしていたりはした。

久しぶりではあるが、どうにかなるだろう。

「豚ロース、塩胡椒《しおこしょう》、薄力粉《はくりきこ》、卵、パン粉、油、玉ねぎ、三つ葉、お米……これで何を作るのですか？」

「特にお米なんてすごく珍しいわよね。初めて見たかも」

この国では小麦粉を使ったパンや麺類《めんるい》が主流であり、お米を食べることは珍しい。そのため、他の材料はともかくお米は二人にとって興味深いものに見えるらしい。

二人にはゲンを担ぐため、俺の故郷の料理を作ると説明している。二人はこの材料から何を作るのか、ピンと来ていないようだ。

なお、調味料類は学院から借りることができるため、省いている。

「今日作る料理の名前は、カツ丼って言うんだ」

「カツ丼……どんなものかわかりませんが、名前の響きがいいですね！」

「丼はよくわからないけれど、豚カツと関係あるのかしら？　美味しそうね」

カツ丼とは、日本に伝わる定番料理である。

豚カツと刻んだ玉ねぎを割下《わりした》と呼ばれる調味料で煮込み、卵とじにしたものをお米の上に乗せて食べるという非常にシンプルな料理だ。

シンプルであるが故に手軽に食べられるため、広く親しまれている。

何を隠そう、俺の好物の中で一位、二位を争う料理である。

「あの、こっちの材料は何なのですか？」

ルリアが奇妙なものを見る目で尋ねてきた。

実は、カツ丼用の材料とは別に用意していた食材がある。

これは東の国ではポピュラーな食材らしいが、この辺では見たこともないものだろう。

カツ丼に関してはトンカツ自体が洋食であることもあり、材料がどんなものなのかは二人にも理解できたようだが、こちらに関しては材料すら何なのかわからないようだ。

「それは、大きい容器に入っているのが豆腐。その隣にあるのが味噌《みそ》。袋に入っているのがワカメ。端にあるのがネギだ」

「豆腐……味噌……ワカメ……ネギ。全部初めて見ました……！」

「変わった見た目の食べ物ね……」

俺からするとどれも馴染み深いのだが、和食を食べたことがなければこんな反応になるのも仕方がないことかもしれない。

「これは味噌汁の材料なんだが……まあ、出来上がってからのお楽しみということで。じゃあ早速調理を始めよう」

俺は二人にそれぞれ別の作業を頼み、三人で協力して調理を始めた。

ルリアは豚ロースを筋切りし、両面に塩胡椒を振って下準備。アリエルは玉ねぎを薄く刻む。衣の準備も二人に頼んだ。

俺はまず、お米を炊くとしよう。ザルで洗ったお米を土鍋に入れ、ちょうど良い塩梅《あんばい》で水を入れる。蓋《ふた》をして、火をつける。後は炊き上がるのを待つだけだ。

二人が作業を終えた頃合いを見てフライパンに油を流し、火をつけて温める。油がちょうど良い温度に達したところで、衣をつけた豚ロースを放り込んだ。

じゅわじゅわ……と美味しそうな音を出し、豚カツが上がるのを待つ。

「この間に味噌汁を作っておくか。二人はトンカツの方を見ていてくれ」

そう言い、俺は鍋を取り出して水を入れる。

手早くネギをカットし、アリエルに余分にカットしてもらっていた玉ねぎも一緒に鍋に放り込む。ワカメを入れた後に火をつけた。熱が通ったタイミングで一旦火を止めて味噌を溶かしていき、馴染んだところで豆腐を入れたら、あとは弱火でこのまま温めるだけである。

「トンカツできました〜！」

「いい色に揚《あ》がってるわね。このままでも美味しそうだわ」

俺が味噌汁を作り終えたタイミングで、二人が調理してくれていたトンカツもできたようだった。

「いい感じだな。次は煮込んでいこう」

俺は揚げたてのトンカツを二〜三センチほどにカットしていき、フライパンの中に調味料と水を混ぜた割下を温め、玉ねぎを放り込む。玉ねぎが柔らかくなったところでトンカツを入れて溶き卵を混ぜてから蓋をして煮込んだ。

経験則から良さげなタイミングで蓋を取ると、もわっと湯気が出てくると同時に美味しそうな匂いが漂ってくる。

「変わった料理だと思っていたけれど、こうなるのね……！」

「めちゃくちゃ美味しそうですね〜！　早く食べたいです！」

「まあ待て、まだ一つだけやることが残っているんだ」

俺はちょうど炊き上がった真っ白なお米をどんぶりに移し、その上に煮込んだばかりのトンカツを乗せる。そして、仕上げに三つ葉を乗せて彩りを加えた。

これでようやく完成だ。

我ながらめちゃくちゃ美味しそうなカツ丼ができてしまったようだ。

早速盛りつけたカツ丼と味噌汁をテーブルに移し、食卓を囲んだ。

俺は美味しさを知っているが、二人にとっては初めて食べる料理。さて、どうなるか――

やや心配していた俺だったが、杞憂だった。

「めちゃくちゃ美味しいです〜！」

「トンカツはサクサクで、お米はふっくらしてて、卵もすごく合ってるわね」

「この味噌汁というのも、少ししょっぱいですけどクセになりますね！」

「どうしてこんなに美味しいものが広まらなかったのかしら……？」

めちゃくちゃ大好評だったようで、一安心だった。

俺としても過去最高の出来栄えだという自信がある。めちゃくちゃ美味しい。

思えば、ここ一五年くらいはカツ丼を含め、前世で食べていた料理とはほぼ無縁だった。

いつも何か物足りないと感じていたが、ようやくそれが満たされた気がする。

「美味しいものを食べられたおかげで、なんだかいつもより元気が出てきました！」

「そうね。この調子なら、明日はいつも以上に頑張れそう」

「優勝したらお祝いにまた食べたいです！」

「それいいわね！」

いつの間にかお祝いのメニューまで決まってしまったようだった。

今日はあくまでのゲン担ぎの目的でカツ丼を作ったのだが、これからは関係なしに定期的に食べられそうだ。俺としてはすごく嬉しい。

「他にも二人が知らないめちゃくちゃ美味しい料理があるんだが、そっちもそのうちやれるといいかもな」

「他にもあるのですか!?」

「ん、ああ。カレーライスとか知らないだろ？」

「知らないです……！」

「私も知らないわ。でも、アルスがそんなに気に入ってるなら食べてみたいわね」

よほどカツ丼が気に入ったのか、二人はめちゃくちゃ食い気味に反応していた。

まだまだもう一度食べたい懐かしの料理がある。この感じなら、カツ丼以外にも定期的に懐かしい料理を楽しむことができそうだ。

第八章　クラス対抗戦

学院の地下ダンジョンミッションをクリアしてから三日後の土曜日——

アステリア魔法学院の第二校庭では、クラス対抗戦が開催された。

クラス対抗戦は各学年ごとに行われ、SクラスからIクラスがトーナメント形式で争う。

優勝するには最大三回勝たなければならないが、去年の該当クラスの成績によるシード枠が設けられている。S、A、B、C、D、Fの六クラスは二回戦からの出場。

つまり、二回勝てばいいということになる。

「それにしてもすごい人ですね……」

「ええ、あんまり人が多いところだと酔《よ》っちゃいそうだわ」

今日は参観日にもなっており、学院生以外の顔ぶれもバラエティに富んでいた。

各学院生の父兄が主だが、アステリア魔法学院への入学を目指す者や、将来有望な学院生を見つけるため高ランクの冒険者パーティまでもが例年来るそうだ。

「二人は親とか来るのか？」

「私のところはどうでしょう……まだ入学して早々なので、来ないと思います」

「私もそうね。この期間じゃ見ても仕方ないって思われてそう」

まあ、そりゃそうだよな。

俺たちが入学してからまだ二週間ちょっと。

よほど過保護な親か、どんな施設を使っているのか見たいという場合以外には来ないだろう。

ここは現代日本ではないから、地方から移動するだけでも莫大《ばくだい》な金と時間がかかる。

金に関しては貴族ならそれほど気になるものではない場合もあるだろうが、移動時間だけはどうしようもない。

「アレンのご両親は……あっ、いえすみません」

ルリアが俺に聞こうとして、押し黙った。

話す途中で俺が実家から追い出されていたことを思い出したのだろう。

「いや、ルリアが気にする必要はないよ。まあ、答えとしては——来ないだろうな」

普通に考えれば来ないし、来たとしても気まずくなるだけのことだ。

父レイモンドのことは放っておくにしても……そういえば、兄ユリウスはどうしているんだろうな。

俺と一緒でどこかの魔法学院を目指すと言っていた気がする。

実際、性格は悪いが父レイモンドが適切だと思う修行をさせただけあって、ユリウスはそれなりの実力を持っている。

実はアステリア魔法学院に入学している——などとは思いたくないが、どこかの魔法学院に入学している可能性は十分に考えられた。

……いや、思い出すのはやめよう。嫌な気分になるだけだ。

そんなことを考えながら歩くこと数分。会場である第二校庭に着いた。

「Sクラスのアルスパーティだ」

「Sクラスですね……はい、エントリー完了です」

「ありがとう」

代表パーティとして出場の受付を済ませた直後のことだった。

「ったく、融通《ゆうずう》が利かねぇよなあ。なんでわざわざ受付なんかやるんだよめんどくせえ。はあ、さっさとやれよ」

悪態を吐きながら手続きをするパーティがあった。

同じ一年生だからなのか、どこかで聞いたことがあるような声に感じる。

ふと顔を見ると、向こうもこちらを見てきたようで、目が合ってしまった。

「……」

「……」

ユリウス・アルステイン……思い出したくない相手だった。

「アレンだと……？　お、お前この学院に入学してやがったのか!?　こ、こんなところに何しに来やがった！　ここは今日のクラス対抗戦に出る人間しか立ち入れない場所なんだぞ！」

ユリウスは、俺を見るなりかなり驚いた様子だった。

俺がここにいるのが意外だったのか、いつもの調子に戻るまで数秒かかってしまった。

「俺がこの学院に入学して何か悪いか？　それに、俺もクラス対抗戦に出るんだが……」

「お、お前が出るだと……けっ！　まあどうせIクラスとかその辺の雑魚なんだろ！　俺はAクラスのエリートなんだぜ！　あ～、俺がこの手で直接ぶちのめしたかったが一回戦敗北じゃ話にならねーなー」

「いや、Sクラスだが？」

不思議とこの学院に入学してからは過大評価されることの方が多かったように思うのだが、ユリウスに限っては俺を過小評価しているようだった。

「は？　Sクラスだと……？　お前が……？　嘘吐いたってバレるんだからな！」

嘘なんて吐いてないし、俺に嘘を吐く必要などないのだが……。

「この制服を見ればわかるだろう？　学院長が入学式で劣等がなんだとか言っていたはずだが？」

「ああ～！　あれか！　劣等烙印！　そうだ、お前勘当されたんだったな！　ったく、一時期とはいえ烙印野郎と同類に見られてたのが恥ずかしいぜ……。何かよくわからねえが、所詮は庶民枠で運良く受かっただけで調子に乗るんじゃねえぞ！」

急に調子付いてしまったユリウス。

うーん、どうしたものか。ユリウスの対応に困っていたところ、ルリアとアリエルが前に出てきた。

「あまり調子に乗っていると痛い目に遭いますよ？」

「ええ、口の利き方に気をつけた方がいいと思うわ」

二人とも口角だけ無理やりに上げているが、目が笑っていない。

ものすごい威圧感を覚える表情だった。

というか、睨んでいるようにしか見えない。

「……ま、まあ本当にSクラスなのは確かだということはわかった。で、でも庶民枠とはいえお前が受かったのは何か不正をしたからに決まっている！　俺が父上の前で懲《こ》らしめてやるぜ！」

父上だと……？

まさか、レイモンドがこの学院に来ているというのか……？

はぁ。

せっかくのイベントだというのに、一気にテンションが下がってしまうな。

「お前と対戦することになるとしたら……」

そう言いながら、ユリウスはトーナメント表を見た。

「決勝か……けっ、それまでに負けてなきゃいいがな！」

そんなことを言いながら、ユリウスは逃げるように俺たちの前から去った。

「あれ、何かお話ししたら大人しくなりましたね？」

「まあ、あれなら仕方ないな」

少なくともルリアは睨んでいたという認識はないらしい。

「というか、あれ誰なの？　変なのがアレンに突っかかってたから声かけちゃったけど」

「あれは俺の兄……ユリウスだ。俺がこの学院にいるのが気に入らないらしい」

「えええええ!?　アレンのお兄様だったのですか……!?」

「え、でも同じ一年生よね……？」

「ユリウスが四月生まれで、俺が三月生まれだからな。ギリギリ同じ学年になるってことだ。まあ、ユリウスにもいい印象はまったくないし、もう他人だからどうでもいいんだが」

ユリウスは、事あるごとに悪口ばかり言ってきたからな。

父レイモンドも大概《たいがい》だが、ユリウスとも相容《あいい》れない。

「なるほどです……なんだか複雑なのにすみません」

「そうね。嫌なこと思い出させてしまってごめんなさい……」

「二人が気にすることはないよ。俺も気にしなければ今のところ害はない存在だからな。まあ、そんなことより他のパーティの試合を見てた方が有意義だと思うぞ」

俺たちはシード枠だが、先にE、G、H、Iクラスの試合が行われる。

EクラスとGクラスのどちらか勝利した方と試合をすることになるので、実際に見て情報を集めておくに越したことはないのだ。

嫌な思い出を振り返るよりも、こっちの方がずっといい。

◇

EクラスとGクラスの試合は、Eクラスの勝利で終わった。

分析結果としては特筆するようなポイントはないので、よほどのことがなければ俺たちが負けることはないだろう。

その辺りの情報から準決勝のプランを立てる。

「一旦、今回は攻撃系の無詠唱魔法を封じておこう」

「手加減するということですか?」

「ある意味そうなるな。Aクラスにまだ真の実力をバラしたくない。対策を立てる間もなく圧倒して勝たないと、目立てないだろ?」

これは、オーガスとシルファとの間でした約束——俺が庶民の顔として目立つこと——を果たす絶好のチャンスなのだ。

これまでも頑張ってきたが、今日は普段見ないような人まで見に来る。どうせ勝つのなら、決勝戦で目立った方が効果的だろう。

ついでにユリウスと、ユリウスを見に来たレイモンドの鼻を折ることもできるかもしれないしな。

俺としてはもはやどうでもいい存在だし気にしていないのだが、さっきのように変な絡み方をされるのは困る。

ここで力の差を見せつけておけば変な絡み方をしてくることはなくなるだろう。

「確かに、どうせなら決勝戦で見せた方が効果的だと思います」

「でも攻撃系の無詠唱ってことは、補助系のものなら使ってもいいってこと?」

アリエルの言う『補助系の無詠唱魔法』とは、地下ダンジョンのミッションで使ったような魔力による索敵《さくてき》のことだろう。あれを使えば目視するよりも正確に相手の動きを読むことができる。

人も当然魔力を持つため、これは対魔物だけでなく対人でも同様に使えるのだ。

「ああ。実力を隠していると思われないように、ある程度は使っておくべきだと思う」

「なるほどね」

「了解です！」

作戦会議はこんなところで終え、俺たちは試合の舞台へ移動した。

◇

ピー！

試合開始の笛が鳴ると同時に、Eクラスの代表パーティが動き出した。

なるほど、Sクラスの面々相手だと一対一では勝てないと考え、まとめて一人を攻撃しようという作戦か。

ちなみに、クラス対抗戦のルールは一般的な決闘のスタイルと同じく全員の戦闘不能、あるいは一方の降参により勝敗が決するまで続くというものだ。

「「「神より賜りし我が魔力、魔法となって顕現せよ。出でよ『火球』――――！！」」」

詠唱を終えると、やや遅れて三つの火の球が飛んでくる。

俺は軌道をサッと読み、軽い身のこなしで三方向から来る火球を華麗に躱した。

ドンッ！　ドンッ！　ドンッ！

Eクラスの攻撃が地面に着弾するとほぼ同時に、ルリアとアリエルの詠唱魔法による火球が繰り出される——

ドオオオン!! ドオオオン!!

この学院に入学できた時点で、ルリアとアリエルの二人は詠唱魔法もトップクラスの実力者。

さらに魔力を使った探知技術で相手の動きを完全に読み切り、一度の攻撃で命中させたのだった。

これで、二人戦闘不能。

「す、すげえええ……!」

「さすがはSクラスだ!」

「やはりSクラスの試合は見応えがあるな!」

観客からの歓声が聞こえてくる。

どうやら、俺の作戦通り詠唱魔法を使ってもそれなりには目立てたようだ。

残る一人をどう処理するか作戦を練っていたところ——

「ま、負けました!」

さすがに三体一、それもSクラスの面々が相手では分が悪いと思ったのだろう。

Eクラスの最後に残った一人は降参したのだった。

◇

その後、俺たちがしばらく休憩している間に準決勝の全ての試合が終了した。

俺たちの相手となるのは、Ａクラスだった。

ある意味予想通りの流れになり面白くはないが、俺の思惑《おもわく》通りユリウスとレイモンドの鼻を折る機会でもあると考えればちょうど良かった——といったところか。

俺たちが定位置につき、試合が開始されるかと思われたその時だった。

「今回の一年生決勝では、特別ルールにて試合を行います」

というアナウンスが流れた。

特別ルールだと……？

「例年のクラス対抗戦では、やはり入学当初ということもありＳクラスが有利な状況にあります。そこで、あるアイテムを装着して戦ってもらいます。普段とは違う状況での対応力が試されることになります！」

もっともらしい理由をつけているが、何か奇妙だな。

Ｓクラスが有利でそれが面白くないというのはわからなくもないが、事前に告知がないアイテムの対応力を試して何になるというのだろうか。

対応力がもともとあるかないかのある意味運ゲーになるだけの気がする。

これが面白い試合になるというのなら結構だが、決勝戦でやる内容じゃないよな。

……まあ、そんなことを思っていても仕方がない。

決まってしまったことには素直に従うとしよう。

同じ条件になるのなら、平等ではあるはずだ。

しばらくして、学院長テルサが舞台に現れた。

その腕には、何やら怪しげなリング状の魔道具が二四個もかかっている。

なぜか俺の方を見て少しニヤついているように見えるし、なんだか気味が悪いな……。

「このリングは、特殊な魔道具での。手首、足首につけると使用者の魔力を吸って重りになるのじゃ。一つあたり五キロ。それを四肢につけてもらい、合計二〇キロの重りを背負って戦ってもらおうというわけじゃ」

Sクラス、Aクラス両者からなんとも言えない微妙な空気感が漂うのを感じた。

そんなことをしてなんの意味があるのか、観客視点からして何が楽しいのか——言いたいことは皆山ほどあるのだろう。

しかし、学院長が言うことなので、無碍《むげ》にはできない。

「は、はあ……」

「なるほど」

こんな答えになるしかなかった。

しかし、学院長は気にした風でもなく一人につき四つのリングを渡していく。

そして、皆大人しくリングをつけたのだった。

「た、確かに重いですね……」

「こうして立ってるだけでもかなりの重みがあるものね。大きな動きはできそうにないわ……」

俺が鍛えさせている二人でもこの反応ということは、なかなかだな。

俺も後を追ってリングをつけた。

一つ目のリングを右足首に装着した瞬間だった。

強烈な重みが足首にのしかかり、ふらっと倒れてしまいそうになった。

「……っ!?」

明らかにこれは五キロの重りではない。俺の感覚値にはなるが、五〇キロはあるはずだ。

もしかして、ルリアとアリエルにも俺と同じ重りが……？

いや、そのはずはない。二人は既に四つもこの重りをつけて動けているのだ。

さすがに無詠唱魔法による身体強化を使えない二人がこの状態で立ち続けることはできない。

二人にはAクラスのものと同じ五キロの重りを渡したのだろう。

「どうしたのかね？」

含みのありそうな笑みを浮かべて俺をまじまじと見る学院長。

こいつ……このためにルールを捻じ曲げやがったな……？

そこまでして俺の活躍を阻止したいというのか……。

学院長という名誉《めいよ》ある立場にありながらこんなことをしてしまうとは……。

いや、そんなことをしているから反学院長派である保守派などという存在が自然と出てきたのだろう。

「おっと、言い忘れておったが、今回の試合はさらに特別ルールがあるぞい。普通なら三対三の試合じゃが、今回は特別に一人ずつ戦い、二勝した方の勝ちとする。では、健闘を祈る」

そう言って、学院長は立ち去っていった。

おいおい……ここまでするかよ……。

学院長はSクラスが勝つかどうかすらどうでもいいのだ。

全ては俺の活躍を阻止し、目立たせないようにするためだけを考えているらしい。

これは、力が覚醒して以来の本気を出さざるをえないようだな……。

◇

試合が始まった。

それぞれ分かれての戦いになるが、試合自体は同時に行う。

Aクラスの代表パーティはユリウスの他には、女子学院生が二人。

俺はユリウスと戦うことになり、ルリアとアリエルは残りの二人とそれぞれ戦っている。

「神より賜りし我が魔力、魔法となって顕現せよ――ぐあっ！」

Aクラスの女子学院生が詠唱をする途中にルリアが無詠唱で火球を放ち、着弾。

ドオオオンンッッ!!

詠唱中断により魔法がキャンセルされ、敵からの攻撃は不発になってしまう。

「む、無詠唱だと!?」

「信じられぬ……」

「詠唱省略が人類の限界だと思っていたぞ！」

周りの観客もこれにはかなり驚いたらしい。

しかし、無詠唱魔法を使えるのはルリアだけではない。

「よそ見してる余裕があるのかしら？」

隣で戦っていたルリアたちを見ていたAクラスの女子学院生にそう声をかけるアリエル。

アリエルは右手を突き出し、無詠唱で火球を放った。

ドオオオンンッッ!!

「こ、こっちも無詠唱だぞ!?」

「今年のSクラスやばすぎだろ!?」

「この子たちはもはや学院で学ぶことがあるのか……？」

ルリアだけでもかなり驚いていた様子の観客たちだが、アリエルまでもが無詠唱で魔法を放ったことでさらに盛り上がっていた。

ルリアとアリエルがAクラスの女子学院生を戦闘不能にしたことで、Sクラスの勝利が確定した。

このタイミングが最高潮《さいこうちょう》に盛り上がっていた。

さて、残るは俺とユリウスだけか。

ユリウスが攻撃してこないので二人の様子を見守っていたが、もう二人の試合は終わった。

そろそろだろう。

「何をぼうっとしてるんだ？　ユリウス、試合はもう始まってるんだぞ」

「……っ！」

もはやユリウスと俺との試合にクラスとしての勝敗は関係なくなってしまった。

圧倒的な力で仲間が瞬殺されてしまったことで戦意喪失したのかと思ったが――

「こうなったら、てめえをボコボコにして憂《う》さ晴らしするしかねえみたいだな！」

そんなことはなかったらしい。

「やれるものならやってみるといい」

と言いつつも、四肢につけたリングが合計で二〇〇キロの重さがある。

二〇〇キロと言うとピンとこないかもしれないが、大型バイクを背負いながら戦っていると例えればそのキツさが伝わるだろう。

「神より賜りし我が魔力――」

パリンッ！

「……は？」

俺は、アリエルとの決闘の際に使った不発化魔法を惜しみなく使った。

先ほどのルリアとアリエルの戦いでは、詠唱が終わる前に攻撃を受けたことでの魔法解除は起こっていた。

しかし、今のこの状況はそれとは別のことが起こっている。

「今の、なんだ……？」

「Aクラスの学院生でも魔法の詠唱に失敗することなんてあるんだな……」

「緊張してるのか？」

ユリウスよりもよっぽど広い視点で見られる観客でさえも、今の状況がなんなのかわからないようだ。

「神より賜りし我が魔力――」

パリンッ！

「神より賜りし我が魔力――」

パリンッ！

「神より賜りし我が魔力――」

パリンッ！

「な、なんで上手くいかねえんだよ……!?」

「そんなの、俺が解除してるからに決まってるだろ？」

「そ、そんなバカな……あ、ありえない……！」

ありえない……と言われてもな。

現実に目の前で起こっているのだから、ありえるだろう。

「なあ、この試合のルールを覚えてるか？」

「ルールだと……？」

「ああ。この試合では、相手を戦闘不能にするか、降参するまで試合を続行するんだ。つまり――

――」

魔法による攻撃でノックアウトする必要はない――ということだ。

物理攻撃で戦闘不能にさせたとしても、ルールには違反しない。

俺は無詠唱で『身体強化』を使い、重たい身体を無理やり動かす。

「き、消えた⁉」

「いや？」

ドゴオオオオオンン‼

俺はユリウスが目で追えない速度まで加速し、ユリウスが俺を見失ったところで背後からのパンチ。

俺がやったのはこれだけのことだ。

「な、なんだあの動きは⁉」

「魔法による加速……だが、あれも無詠唱だったよな？」

「先の二人もヤバかったが……あいつは別次元だぞ‼」

ようやく観客も情報を呑み込めたらしい。

ユリウスの視点からだと俺の速度を目で追うことはできなかっただろうが、離れた観客くらいの距離があれば俺が高速で移動したことがわかったことだろう。

「み、認めないぞ！　兄より優秀な弟が存在するなど、認めないぞ！」

ユリウスはそう叫び、渾身《こんしん》のパンチを繰り出そうとする。

何度も魔法がキャンセルされてしまったからなのか、もはや魔法を撃とうという気を削《そ》いでしまったようだ。

だが、この行動は短絡的《たんらくてき》すぎるな。

「勘違いするなよ？　そっちは魔法を使えないかもしれないが、こっちは魔法を使えるんだ」

「……っ!?」

この言葉の意味を理解した時にはもう遅い。

俺は、全力のパンチを繰り出しにこちらに向かってくるユリウスに向けて、無詠唱魔法――火球を放った。

ドガアアアァァァァ――ンンンン！！！！

殺さない程度には出力を抑えた。

とはいえ、これほどクリティカルヒットすればしばらくは動けないだろう。

痛い目に遭わせるのは俺の趣味ではないのだが、このくらい力の差を見せつければ、もう変なイチャモンをつけてくることはないはずだ。

「え、Sクラスの勝利!!」

全ての戦闘が終わったことで審判が俺たちの勝利を宣言した。

その瞬間。おおお――っと歓声が湧き、その声は止《や》むことを知らなかった。

エピローグ　DNA

　クラス対抗戦の終了後、俺は父——いや、父だったレイモンドに第二校庭を出たところで声をかけられた。

「ア、アレン……今日の試合、なかなか素晴らしかったじゃないか！　いやあ、さすがは我が息子だ！」

「つい最近勘当されたような気がするんだが？」

「そ、それは取り消す！　お前は優秀な息子だよ。たとえ血が繋がっていなかったとしても、俺が手塩にかけた息子であることには変わらん！　あの時の俺はおかしかったんだ！」

『成人になればお前を追い出せる。この日を何度待ちわびたことか……』——こんなことを言っていた人物と同一とはまったく思えないほどの変貌《へんぼう》っぷりだった。

　はあ。

　俺は嘆息する。

　これが手のひら返しというやつか。

　もともと父レイモンドが俺を嫌っていた理由は、俺のことを母さんが浮気してできた子供であり、レイモンドと血が繋がっていないのではないか——そんな疑念を持っていたからだった。

　今でもそれが消えていないのは発言からも明らかだ。

しかし、名門アステリア魔法学院のSクラスに入学し、期待をかけていた兄ユリウスをも余裕で凌ぐようになってしまった今、俺は将来を期待できる人物になってしまった。

ここでよりを戻すことができれば、俺の成果はアルスティン家の実績になる。

もはや血が繋がっていようがそうでなかろうが、どうでも良くなってしまったといったところか。

「じゃあ、一ついいことを教えてやろう」

俺は、どうしても母が浮気をしたようには思えなかった。

母ユリスは優しく健気だった。そんな母が裏切りをするとは考えにくい。

そこからヒントをもらった。

「これを見てみるといい」

俺は、無詠唱魔法でAR映像のようなものを投影した。

そこには二重螺旋構造《にじゅうらせんこうぞう》をした細胞核内《さいぼうかくない》の物質——DNAの姿がある。

さらに俺が事前に調べていた父レイモンドと俺との間で遺伝情報が一致する塩基配列《えんきはいれつ》を抽出《ちゅうしゅつ》して、文字を映し出した。

実は、実家を追放された後に一本だけポケットの中にレイモンドの髪の毛が混じっていた。それを材料に色々と分析してみたのだ。

塩基配列を見比べ、どの程度一致しているかを調べることで親子関係がわかる。

現代日本のDNA鑑定と同じやり方で調べた結果、99・9%の確率で父子関係を否認できない——

——つまり、俺とレイモンドは親子関係であると言い切ってしまっていいくらいの確度で証明することができた。

「これが何を指しているのか理解できないかもしれないが、これは俺とあんたが親子であることの証明だよ。この部分の塩基配列が繰り返し一致している。まったくの他人ならありえないことだ」

この結果を見た時、俺は母が浮気などしていなかったことで安心したと同時に、レイモンドが血縁上は本当に父親だったことを知り、微妙な気持ちになってしまった。

「そ、そうなのか……！　な、ならば尚更良いではないか！　過去のことは水に流してだな！」

「残念だが、もう戻ることはないよ。あんな追い出し方をしておいて、謝ったら水に流す――俺はそんなことができるほど人間ができていない。話は終わりだ」

「なっ、おい！　待ってくれ！　アレン、我が息子よ！」

俺はギャーギャーとうるさいレイモンドを放っておき、少し歩いた先で待ってくれているルリアとアリエルの元へ駆けていった。

「あれで良かったのですか？」

「アレンのお父様、納得してなさそうな感じだったわよね」

二人は喧嘩《けんか》別れをしたままでいいのかと心配してくれているようだ。その気持ち自体はありがたいのだが、俺の気持ちが変わることはない。

「ああ、あれでいいんだ」

多分、ルリアとアリエルには修復不可能な親子仲など想像できないのだろう。

かなり育ちが良さそうな感じがするから、大事にされてきたのだろうということが伝わってくる。

それが悪いと言いたいわけではない。こんな経験はしなくていいならしない方がいいに決まっているのだ。ただ、どうしてもこの微妙な感情を伝え切ることはできない。

だから、このように端的にしか答えられなかった。

「それよりも、明日はやっと休みだよな？　休みの日は学院の外にも出られるし、王都に出かけるのもいいなって思ってるんだけど」

「ああ〜！　それいいですね！　私、お洋服買いたいです！」

「私も久しぶりにあのカフェに行きたいかも。試験前に立ち寄ったんだけど、すごく良くて」

やや暗かったムードが一転して明るくなった瞬間だった。

「よし、じゃあ決まりだな。明日はショッピングとカフェ……あとまあ、適当に街をぶらぶらって感じだな。あっ、もちろん朝の修行が終わってからな？」

「ええ……まあ、そうですよね。わかってます……！」

「遊ぶのはやることをやってから……当然ね」

さっきはレイモンドに冷たい対応をしてしまったが、唯一俺が感謝している点を述べるとすれば、それは実家を追い出してくれたことが挙げられる。

あのおかげで結果的にはロミオさんから『賢者の実』をもらうことができ、常識を代償にはしたもののアステリア魔法学院でも十分に通用する様々な力を手に入れることができた。

そのおかげで、ルリアとアリエルという心が通じ合う仲間と出会うことができたのだ。

前世からずっとボッチだった俺にとって二人は何物にも代え難い大切な存在になった。

ある意味、これだけは感謝してもしきれない。
それにしても、二人と出会ってからもう一ヶ月か。
なんだかんだで楽しい日々を過ごしていたせいか、時の流れが早く感じる。
しかしまだ俺の学院生活は始まったばかり。精一杯青春を楽しむとしよう――

あとがき

本書を手に取っていただき、ありがとうございます。

作者の蒼月浩二です。

実は商業作品としては三シリーズ目になるのですが、あとがきを書くのは初めてです。

ずっとあとがきを書いてみたいなぁと思っていたので、こうして機会をいただけて感激していたりします。


さて、あとがきを最初に読む派の方もいらっしゃると思うのでネタバレしない範囲で内容の説明をさせていただければと思います。

本作の内容を簡単に説明すると、「異世界から転生した落ちこぼれの魔法師が『常識』を代償にして得た規格外の力で差別をものともせず魔法学院を無双するお話」です。

ほぼタイトル通りなのですが、実際にその通りなので嘘偽りはありません。

あとがきを最後に読む派の読者様には納得いただけているのではないでしょうか。

本作を執筆したきっかけは、物語が破綻しないギリギリのラインの無自覚最強無双ものを読みたい！　というところからでした。

無自覚無双をテーマにした作品は数多あれど、ずっと無自覚であり続ける作品は私には見つけられませんでした。

よし、ないなら自分で書いてみよう――ということで完成したのが本作です。


楽しんでいただけていれば幸いです。


最後に謝辞を。

イラストレーターの鈴穂ほたる様。タイトなスケジュールの中、本当に素晴らしいイラストをありがとうございました。

担当編集のK様。いつもスピーディかつ誠実に付き合っていただき、感謝しかありません。

その他、本書に関わっていただいた関係者の方々、本書を手に取っていただいた全ての読者の皆様に最大級の感謝を。


それでは、また次の巻でお会いできますように。

BKブックス

魔法学院の劣等烙印者

～落ちこぼれ転生魔法師、『常識』を代償に規格外の力で異世界最強～

2021年12月20日　初版第一刷発行

著　者　蒼月浩二《あおつきこうじ》

イラストレーター　鈴穂《すずほ》ほたる

発行人　今 晴美

発行所　株式会社ぶんか社
〒102-8405　東京都千代田区一番町29-6
TEL 03-3222-5150（編集部）
TEL 03-3222-5115（出版営業部）
www.bunkasha.co.jp

装　丁　AFTERGLOW

編　集　株式会社 パルプライド

印刷所　大日本印刷株式会社

ISBN978-4-8211-4621-5